孝謙女帝の遺言
芸亭図書館秘文書

佃 一可

樹村房

孝謙女帝の遺言——芸亭図書館秘文書——もくじ

◉主な登場人物

孝謙天皇　聖武天皇の皇女・阿倍内親王。重祚して称徳天皇。母は光明皇后。
聖武天皇　先帝。
石上宅嗣　この物語の主人公。
蒼井　宅嗣の妻。久米若売の姪。
久米若売　孝謙天皇に仕える女官。藤原宇合の後妻。雄田麻呂（後の藤原百川）の母。
藤原宿奈麻呂　後の良継。宅嗣の従兄で盟友。藤原宇合と宅嗣の伯母・国守の子。
藤原仲麻呂　恵美押勝。光明皇太后の重用により権力を握るが謀反を起こして誅殺される。
大炊王　舎人親王の八男。仲麻呂に養われ即位して淳仁天皇となるが失脚する。
道鏡　看病僧として参内。称徳（孝謙）天皇に信頼され法王の位まで昇る。
吉備真備　阿倍仲麻呂と共に入唐。帰朝後東宮学士（皇太子の教育係）となる。
吉備由利　吉備真備の娘。真備に代わって参内する。
賀陽豊年　宅嗣に従い芸亭を完成させる。久米若売の甥。
石上乙麻呂　宅嗣の父。陰謀により若売とともに流罪となるが復権して、中務卿まで昇る。
橘諸兄　聖武天皇時代の権力者。
橘奈良麻呂　橘諸兄の子。女性天皇に反発して謀議を図るが誅殺される。

石上国守　藤原南家宇合の亡室。乙麻呂の姉。広嗣、宿奈麻呂の母。
思託　鑑真の弟子。渡来僧。宅嗣の仏教の師匠。
道祖王　聖武上皇の遺勅で皇太子となるが孝謙天皇により身分を失う。
藤原清河　遣唐使として入唐。唐にて秘書監まで昇る。帰朝を何度も試みるが失敗する。
羽栗翔　羽栗吉麻呂（阿倍仲麻呂の従者）と唐人との間に産まれた兄弟の一人。吉備真備と共に帰朝。
法均尼　俗名・和気広虫。夫と死別後、出家した孝謙上皇に従って尼となる。
和気清麻呂　法均尼の弟。姉に代わって宇佐八幡宮に御託宣を確認に行く。
藤原永手　藤原北家の長。

◉物部・石上氏の宅嗣を中心とした系譜

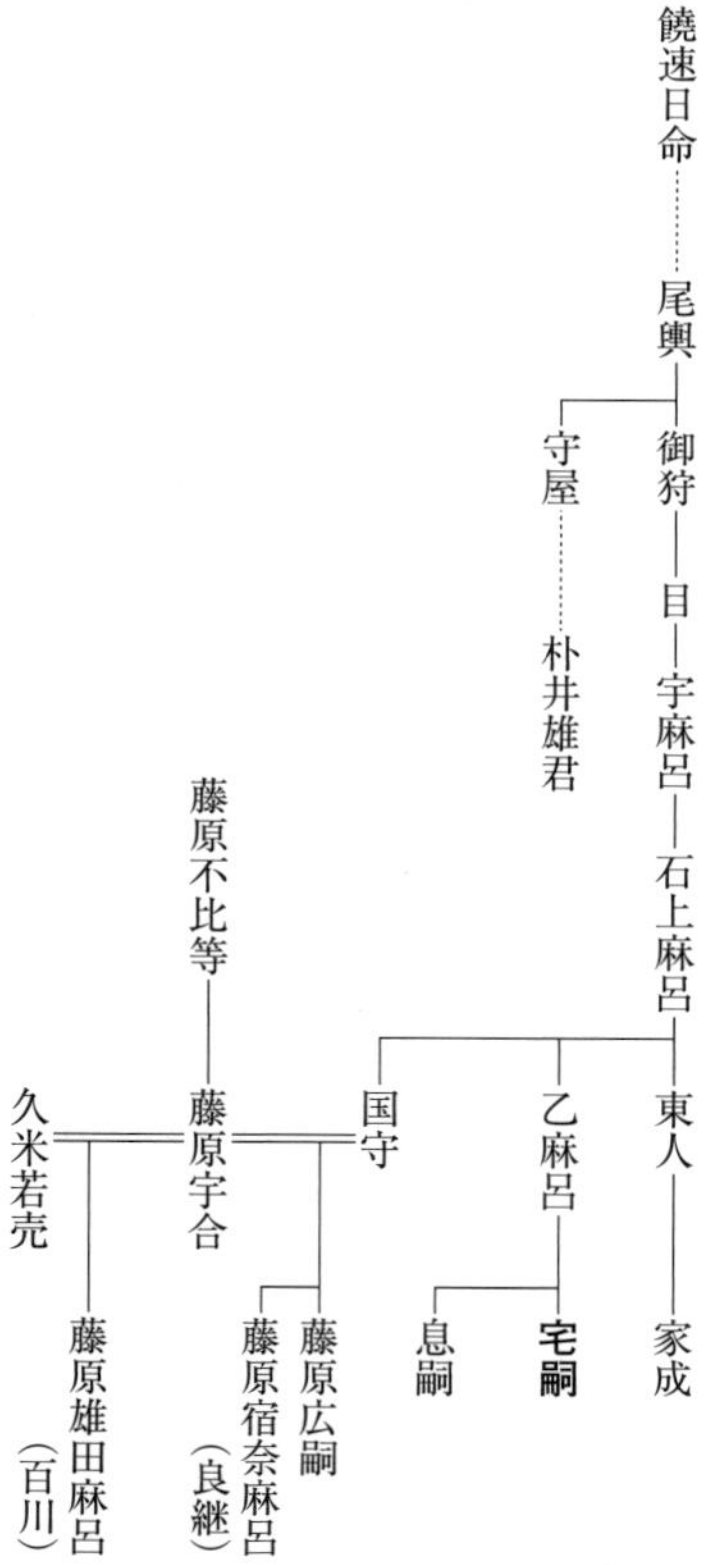

◉天智・持統・文武・聖武・孝謙天皇の系譜

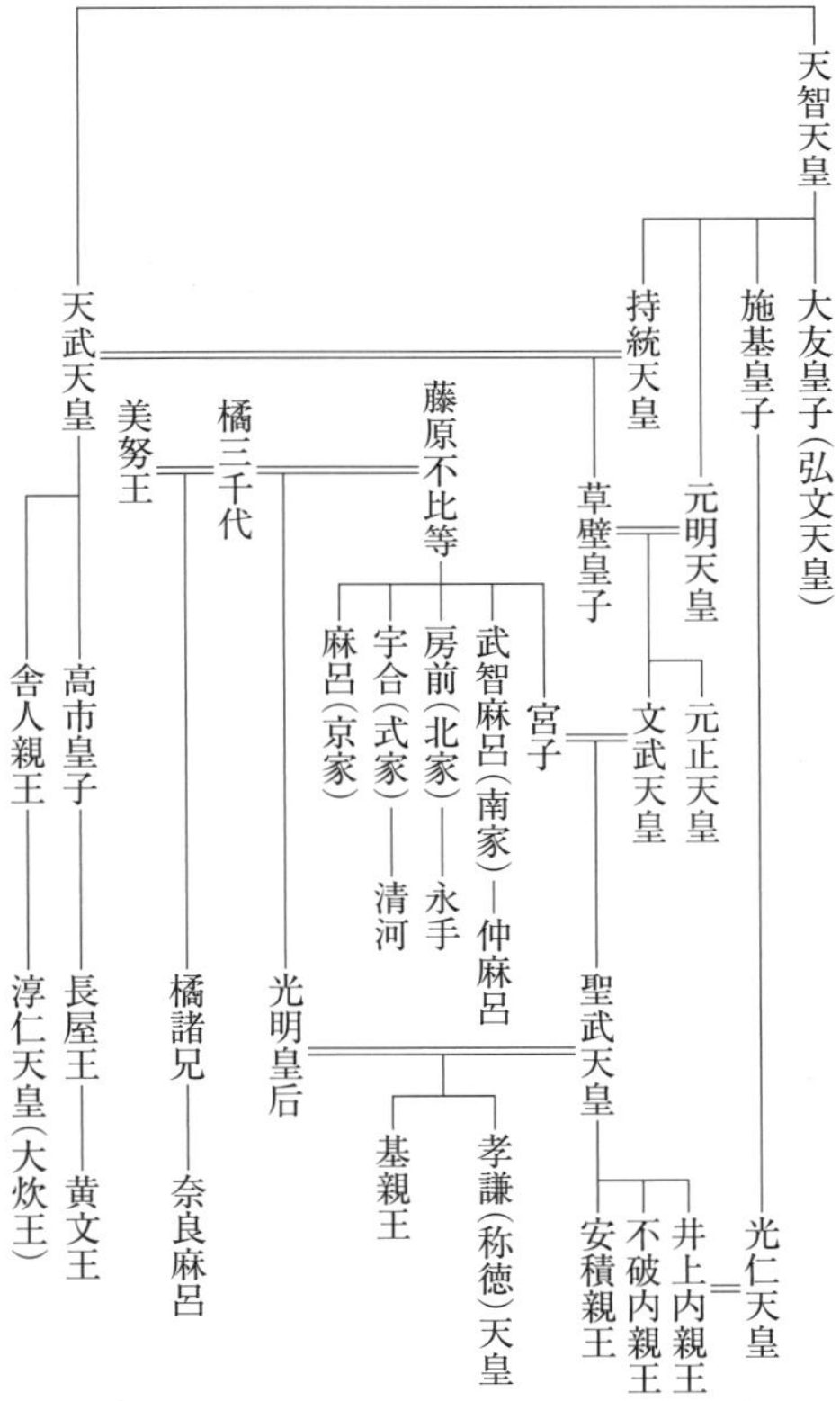

◉天武天皇の系譜

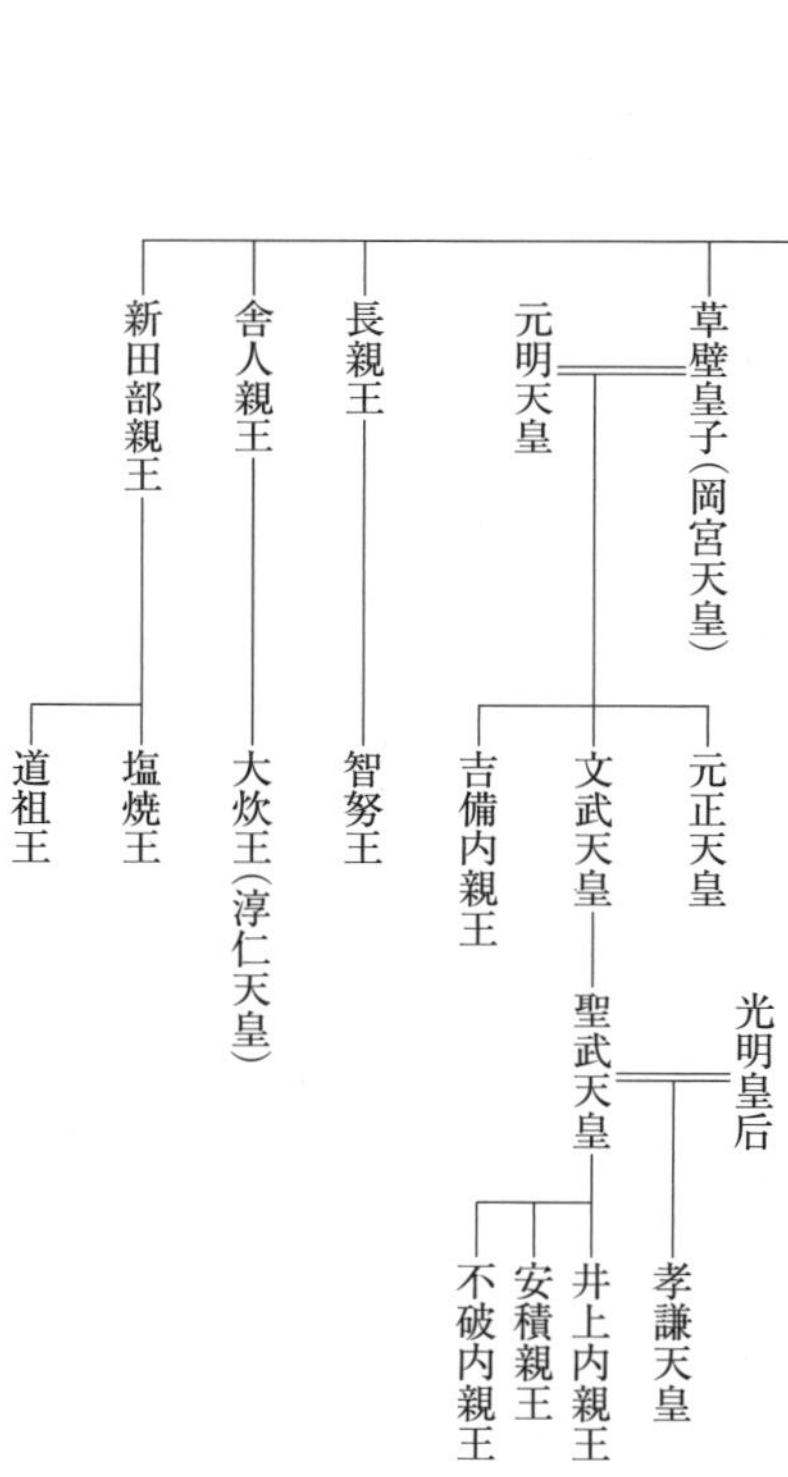
天武天皇
高市皇子
長屋王
山背王
草壁皇子（岡宮天皇）
元明天皇
元正天皇
文武天皇
吉備内親王
光明皇后
聖武天皇
孝謙天皇
井上内親王
安積親王
不破内親王
長親王
智努王
舎人親王
大炊王（淳仁天皇）
新田部親王
塩焼王
道祖王

孝謙女帝の遺言——芸亭図書館秘文書

盧舎那仏

深紅の衣に身を包んだあでやかな姫を宅嗣《やかつぐ》が眼前で見たのは八年前である。肌は透き通るように白く、引き締まった姿にそよぐ風も麗しい香りを包み込むように靡《なび》いている。絶世の美女といわれるふくよかな母光明《こうみよう》皇后とは趣が異なるが、優るとも劣らない魅力がその人に漂っていた。父聖武《しようむ》天皇の後に続いて盧舎那仏《るしやなぶつ》に礼拝する皇女を阿倍《あべ》内親王と申し上げる。天平二十一（七四九）年四月一日。東大寺行幸のこの日は宅嗣の父、石上乙麻呂《いそのかみおつまろ》中務卿にとって生涯もっとも晴れやかな日である。

この東大寺への行幸は陸奥国で黄金が発見されたことに対する仏への報謝とされる。

そのころまで我が国に黄金は産しないといわれてれてきた。しかし陸奥国守に赴任した百済王 敬福《くだらのこにしききようふく》が、この年の正月、小田郡で産出した黄金九百両（約四十キログラム）を献上する。この慶事は雲上にとってこの上もない喜びとなった。大仏造営に必要な黄金の目途がつく。頭を下げて黄金を唐や新羅に求める必要がなくなるとなれば、外交関係に影響を及ぼすのは必至だ。皮肉にも百済王敬福は新羅に滅ぼされた百済国最後の王、義慈《ぎじ》王の後裔にあたる。

天皇の宣命を左大臣　橘　諸兄《たちばなのもろえ》が重々しく仏に奏上する。

「『三宝の奴』としてお仕えする天皇が仏に報告申し上げます。我が国には産出しないと思われていた黄金が陸奥国から産出いたしました。このことは仏の恵みであると喜び、百官の者たちを率いて参拝いたしました」

諸兄が読み上げた冒頭「三宝の奴」の言葉に少なからずざわめきが起こる。

「……三宝の奴……どんな意味だ」

「……仏の弟子という意味だ」

「……天皇は神ではないのか……」

「……仏の権威は天皇より上なのか」

ざわめきを打ち消すように、中務卿である石上乙麻呂が群臣に向かって第二の宣命を読み上げた。

「朕は黄金の不足を心配して大仏は完成しないのではないかと疑っていた。しかし仏神の加護によって陸奥国で黄金が産出した。この喜びを皆みなと分ち合うため、年号に感宝の文字を加えて天平感宝と改元する」

石上乙麻呂中務卿のかん高い声が晴天に響き渡る。宅嗣は父をこの上もなく誇らしく感じた。しかし、乙麻呂が読み上げた次の言葉は前にも増すざわめきを起こさせる。

「父である文武《もんむ》天皇や歴代の元明《げんめい》・元正《げんしょう》天皇と母宮子《みやこ》のお陰で自分は天下を治めてこられた。また賢明な大臣たちの支えがあればこそ我が国は平安に保てた。大臣たちの支えなくては天下を統べることはできない。この理は天智《てんち》天皇の「大命」であると元正上皇は常々朕に仰せられた」

「……天智天皇の『大命』……天武《てんむ》ではないのか……」

「……天智は廃された系譜でないか。その天智の大命が生きているのか……」

「……仏法を国是とするなら、その源は天智天皇になるということか」

「……天武・持統《じとう》は仏法には無縁だった……」

「……聖武は血筋が絶えるのを見越してこの国の原理を仏法に求めるのか」

「……継承される天皇もそれに相応《ふさわ》しい者。その源は天智天皇なのか」

さらに宣命は続く。

「橘三千代《みちよ》は不比等《ふひと》亡きあとも朝廷によく仕えたので、子孫を優遇しよう。……」

橘三千代は聖武天皇の皇后、光明皇后の母である。第一の宣命を読んだ橘諸兄は光明皇后の異父兄になる。

「橘三千代の子孫。西院大臣様を優遇するとなぜ敢えて言うのだろうか」

西院大臣とは橘諸兄のことである。

「陛下も最近の西院大臣様の言動には気を病んでおられるに違いない。ご母堂のことを称賛して言動を慎むように諭しておられるのだろう」

人びとは、聖武天皇が阿倍内親王を皇太子にしたことを、橘諸兄が不満に思っていることを知っていた。

「西院大臣様は皇后様の兄上。まさかのことはあるまい」

「いや、奈良麻呂《ならまろ》殿はわからんぞ」

声の主は橘諸兄の子、奈良麻呂が暴発することを予想した。

そして衆人の好奇の眼は再び美しい皇太内親王に注がれた。

石上

天平勝法九（七五七）年。朝廷儀式がなにもないひっそりとした年始。前年五月、聖武太上天皇は五十五歳で崩御され、喪に服する宮中は異様なほどの静けさである。

聖武から皇位を禅定された女帝、孝謙天皇として天平勝宝元（七四九）年七月に即位してからすでに八年が経過している。しかし重臣の中にはいまなお天皇が女性であることをよしと思わない、公然とその不満を言い放つ者が少なくない。

宮城の南に面する朱雀門は、正月の優雅な儀式や歌垣で賑わうところだが、静まりかえった大路に立つ朱の柱と緑の瓦が異様に青天を突き刺している。

物部の統領石上宅嗣《いそのかみやかつぐ》は物部八十八氏の総社石上神宮に参拝する。石上神宮参拝は宮廷年始行事が終わってからの恒例行事だが、この年は違っていた。

宅嗣の邸は平城京の北端、内裏から法華寺を挟んだ東隣である。法華寺には聖武上皇の后、今では事実上の最高権威者となった光明皇太后が居住している。

石上神宮は平城京の南東およそ三里（十二キロメートル）に位置し、その道の途上には、光明皇太后の後ろ盾により、権力の中枢にいる藤原仲麻呂《ふじわらのなかまろ》屋敷、田村第《たむらだい》。宗教界の頂点に立つ聖徳太子発願の大安寺。そして諸国から送られて来る産物を売り買いする東市があった。

石上神宮の境内からは、南の方角にはヤマトトビモモソヒメ（倭迹迹日百襲姫・神功皇后）の御陵。その向こうに三輪山を見渡す。山辺の道といわれるこの地に立つと、人びとは自然に額田王《ぬかたのおおきみ》の歌を思い浮かべる。

三輪山を　しかも隠すか　雲だにも　情《こころ》あらなも　隠さふべしや

およそ百年前、天智は半島に出兵して大敗を喫した。国防のため、明日香の地を離れて近江の都に転住した祖父や曾祖父たちの思いがこの歌には込められている。敗戦した日本は新羅からの脅威に備える必要があった。この歌はこの遷都を思い起こさせる歌。遠く琵琶湖のほとりの近江に都を移さねばならなかった祖父曾祖父の無念を誰もが重ねてしまう。さいわい半島からの侵略はなかったが百年後の今も新羅との緊張は続いている。

石上神宮には宅嗣の弟の息嗣《おきつぐ》、従兄の石上家成《いえなり》が先に来ていた。

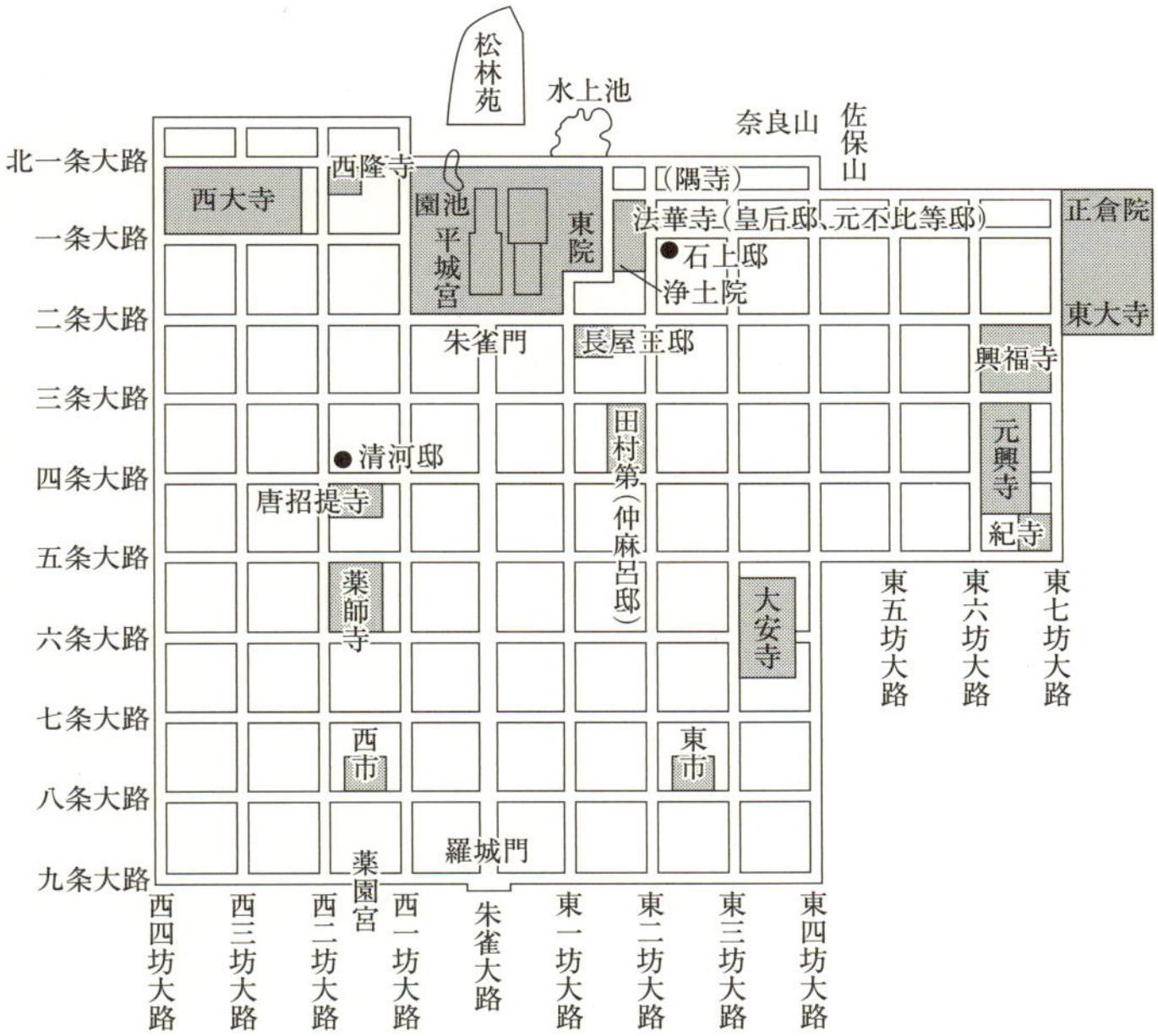

平城宮略図。石上宅嗣邸は宮城に最も近い場所に位置する

「兄者、宮中行事が取りやめになったのに、我らだけ新年行事をやってよいものなのか」

もののふ物部の血を引くにはいささか気の弱そうな息嗣が宅嗣に問うた。

「石上の新年の儀式は祝い事の儀式ではない」

「気の弱いことを言うな」

と宅嗣が答えたのに、

「さようでございますが、どのような言いがかりをつけられるとも限りませぬので、ここは軽々と仕るのがよろしいのではありませぬか」

苦労人の石上家成が割って入った。


家成は宅嗣と同じく左大臣まで昇った石上麻呂《まろ》の孫である。父乙麻呂の兄、石上東人《あずまびと》の子である家成は、血統からいえば宅嗣よりも石上の直系になる。しかし東人は早くに没し、その位が正六位上であったがため、蔭位《おんい》の制が受けられなかった。蔭位の制とは、高官の子弟に与えられた優遇制度である。官人は二十一歳になると自動的に父親の位に応じた位階が与えられた。家成の官位は外官から始まる。内官に比べると外官は出世に倍の年月がかかる。宅嗣よりも七歳年上であった家成は、このとき宅嗣の従五位下に対して従六位下であった。

宮司に儀式を始めるように申しつけ、拝殿に立とうとしたとき、久米若売《くめわかめ》がやってきた。

「叔母上、これはまた珍しい」

「今日は三輪山が隠れていませんね」

若売は天気の挨拶をこう表現した。

「陛下は落ち着かれましたか」

宅嗣がそれとはなしに天皇の様子を聞いたが、若売はそれには応えず、

「西院大臣様がご危篤のご様子だとか」

と、ポツリと言った。西院大臣とはつい先年失脚した橘諸兄のことである。

叔母上と呼ばれた久米若売は孝謙女帝のそば近くに仕える女官である。宅嗣は叔母上と呼ぶが実際のところ、宅嗣と若売に血縁関係はない。

父石上乙麻呂と「わけありのひと」というのが、世間に知られている宅嗣と若売との間柄。父と若売が男女の関係にあったのか宅嗣は正確には知らない。父から聞いているのは「謀略にかかった」である。

宅嗣が十一歳のとき、事件は起きた。乙麻呂が宮中の女官である若売と姦通したという罪状

で罰せられる。女官は天皇の女。重罪に値して当然だがそれには裏がある。

女官として参内する前、若売は乙麻呂の盟友、亡き藤原式家宇合《うまかい》の後妻であった。また乙麻呂の同腹の姉、国守《くにもり》は宇合の亡室で広嗣《ひろつぐ》、宿奈麻呂《すくなまろ》の兄弟を産んだ。

宅嗣はその謀略なるものが、若売が危篤だと話した西院大臣、すなわち橘諸兄によるものだと聞かされている。当時の諸兄から見れば、自分にたてつく藤原広嗣の後ろ盾となっている石上乙麻呂は要注意人物。広嗣の力を削ぐため諸兄は乙麻呂を追放した。若売は下総国に、乙麻呂は土佐に流罪。宅嗣もこのとき土佐に連れだっている。

諸兄に挑発され、若かった広嗣は蜂起《ほうき》して自滅する。世にいう広嗣の乱である。


「宅嗣殿、今日はご自重くださいませ」

橘諸兄の病状をふまえた若売の忠告である。

「……」

宅嗣は黙って頷いた。時の権力者が没するとき、思わぬ方向に時勢が動くのを宅嗣も体得している。

「西院様にもしものことがあればどうなりましょう」

息嗣がたまらず口に出した。

「西院大臣様はすでに隠居されているからそれ自体はどうということはなかろうが、奈良麻呂様がどう動かれるかだ」

家成は諸兄の子息奈良麻呂の不穏な動きを予感する。

「奈良麻呂様が動くとはどういうことですか」

腑に落ちない息嗣が家成に尋ねる。

「いや、田村第の力が強くなっていくなかで奈良麻呂様がどうしのがれるのかな、と思ったまでよ」

家成は話をはぐらかした。田村第とは藤原南家仲麻呂の邸宅である。


「家成様はさすがに見通されていらっしゃいますね」

息嗣と家成が別室に下がったあと、若売はぽつりと言った。

「家成殿は不運な人だ。伯父上が早くに亡くなってしまったので蔭位を受けられず、なかなか昇進ができない。あの人の才ならばもう四位になってもおかしくないのですが」

「家成様はよく人の動きがわかってらっしゃいます」

若売の話がいつになくくどいのを、

「叔母上はなにをお話しにいらしたのですか。まさか正月の挨拶でもありますまい」

と宅嗣が話を向けた。若売が姿勢を正す。

「……」

宅嗣は黙って促した。

「宅嗣殿が陛下をどのようにお考えになっているかを確かめに参りました」

若売が切り出す。

「どのように考えているかとは、どういうことですか」

なにを言い出すのかと宅嗣は聞き直した。

「女帝について。女が皇位につくことについてどう思っていらっしゃるのか、お聞かせいただけますか」

「陛下はすでに帝位についておられるではありませんか。いまさらなにをおっしゃるのですか」

「西院様がなにゆえ、失脚されたのかはご存じでしょうか……」

「……うーん……いや詳しくは知りません。酔った席で暴言を吐かれたとしか聞いておりませぬ」

若売はすこし顔をしかめて、

「話の前後は知りません。……が、ゆくゆくは女帝は廃帝にするとおっしゃったそうにございます」

「そんな……」

宅嗣はそこまで諸兄が言うとは思えなかった。

「陛下は人臣の中に今なお女帝を受け入れない者が多いことをよくご存じです。それで真に陛下をお守りくださる方を確かめておられます」

「それで若売様は私の真意を確かめにここに来ている、そういうことですか」

宅嗣は若売の眼を直視した。

「陛下が特に疑い深くなられたのは、ご自身の乳母《めのと》であられる山田姫嶋《ひめしま》様までが奈良麻呂様とご昵懇《じっこん》になられ、陛下の知らないところで盛んに歌の会をされているからなのです」

「歌の会となると大伴《おおとも》の面々も参加されているということですね」

宅嗣は青白い大伴家持《やかもち》の顔を思い浮かべた。

「はい、そのようでございます」

宅嗣は自分の知らないところで不穏な動きがあることをあらためて胸に刻んだ。

「わかりました。陛下にご安心をと申し上げてください。しかし、私が物部の頭領でありましても、物部には昔のような兵力もなく財力もございません。お役に立てるかどうかはわかりませぬが必ずお心に従います、とお伝えください」

安堵したと言った若売は、しばらく四方山話をして帰っていった。

そして西院大臣と呼ばれた橘諸兄は正月八日に没する。新たな政変の幕開けである。

宅嗣の官位は従五位下、職務は治部少輔。六年前の天平勝宝三(七五一)年、二十三歳のときに二階級特進してそのまま据え置かれている。前年の九月、父乙麻呂が従三位中納言中務卿で没すると、蔭位により五位に格上げされた。

治部省は、外交事務と儀礼全般や仏事を職掌とする役所で、その下に玄蕃寮《げんばりよう》が組まれている。「玄」は僧侶、「蕃」は外国人・賓客の意味。

従五位下は昇殿が許される殿上人の中で最下位の位。しかし宅嗣は治部少輔という職務が気に入っていた。この職務の役得により唐からの帰化僧たちとも親しくなることができている。三年前の天平勝宝六(七五四)年正月には大伴古麻呂《こまろ》が唐から鑑真《がんじん》和上を同伴して帰ってきた。鑑真和上側近の思託《したく》は宅嗣の良き師匠であり良き友になる。さらには生きた唐語も教わることができる。

鑑真の来日間もない天平勝宝六年の四月、聖武太上天皇、孝謙天皇、光明皇太后の三人はそろって東大寺へ行幸した。鑑真和上から菩薩戒を受けるためである。宅嗣はその儀式の一部始終を至近間近で拝謁することができた。

東大寺の大仏開眼供養会がおこなわれたのは鑑真来日のさらに二年前、天平勝宝四（七五二）年の四月九日である。この年朝廷は十二年ぶりに新羅への大使を派遣した。大使に任命されたのは山口人麻呂《やまぐちのひとまろ》。任務は奈良に巨大な大仏を造営したことを宣伝し、新羅王の来朝を促すことである。これは一定の功を奏し、閏《うるう》三月二十二日、新羅から新羅王子を筆頭とする新羅使が訪日する。総勢七百余名が筑紫に来着したのである。香料・薬物・金属・調度など大量の物品が携えられ、十年ぶりの来日となった。しかし朝廷は硬化した。要求した新羅王が来日しなかったためである。

新羅使一行はそのまま大宰府に留め置かれた。新羅使一行が平城京に入るのは六月になってから。朝廷は新羅景徳《けいとく》王を誉める詔を発するが、ここでさらに新羅国王の来朝を要求する。

かつて宅嗣の祖父である石上麻呂は天武天皇から遣新羅使に任じられた。朝鮮半島情勢とりわけ新羅と唐との関係の探索である。天智の敷いたレールを壊し、親新羅路線をとる天武にとって対朝鮮半島戦略は最重要課題。新羅の国力がどれほどのものか。天智の出兵が敗れたのは唐の正規軍が出てきてからだと考える官僚が多いなかで正確な現場分析は必要である。祖父の見聞を聞いていた父の乙麻呂は、幾度となく新羅の実態を宅嗣に聞かせた。新羅を朝貢国扱いする上層部に宅嗣は疑問がある。しかし、やりがいのある職務は宅嗣の心を活気あるものにしていた。

「どうやら道祖王《ふなど》の首を切るらしい」

道祖王は聖武が定めた皇太子である。

「えっ、処刑をするのですか」

「まさか、いくら女帝でもそこまではすまい」


藤原式家宿奈麻呂はにやりと笑った。宿奈麻呂は宅嗣にとって理解しがたいところがある従兄。藤原宇合と伯母国守の子、一回り年上になる。

宿奈麻呂の兄は広嗣。橘諸兄に反旗を翻した藤原広嗣の乱の余波を受けて伊豆に流された。聖武天皇の恩赦で復権はしたが、官位はいまだに宅嗣と同じ従五位下である。職務は相模守。そろそろ次の辞令が出る頃だろうと見越して任地を離れ、都に戻って来ていた。


「若売様からの情報ですか」

「まあ、そんなところだ」

宿奈麻呂は情報元を明かさない。

「陛下と皇太子殿下とはどうも折り合いが悪いという話を聞きますが、なにが原因なのでしょうか」

この手の情報は宿奈麻呂の得意とするところだ。

「知らぬのか」

「ええ、知りませぬ」

「道祖王、……皇太子は男色なのだ」

「……」

宅嗣は道祖王の体つきを思い浮かべる。確かに思い当たる。

「男色というのは女性には絶対に許せぬものらしい。このことが判明してから陛下は皇太子を汚れたものを見るような眼で見ているそうだ」

「それは困りましたね」

「なんだ」

想像していなかった宅嗣の反応だったのか、宿奈麻呂が口調を変える。

「皇統をつなぐために皇太子を選んだのに男色ではその後もつながらない、ということですか」

「うむ、そうか。その考えもあるな。うむ、なるほど」

宿奈麻呂はなにかを合点したようであった。

「それはそうと、道祖王をここに連れて来たのは何年前になるかな」

「大仏開眼会の明くる年ですから天平勝宝五年ですね」

「四年前か。早いものだな。ところであれはどうした」

「あれとはなんでしょうか」

「うーんと、カイフウ……とかなんとかいったな」

「『懐風藻《かいふうそう》』のことでございますか」

「そうそう、『懐風藻』はそのままになっているのか」

「はい、公にはしていませんが」

「どうして……、我が国で初めての漢詩集ではないか。宅嗣の作だと言えばそなたの名が上がろうものに」

「『懐風藻』は天智天皇の治世を懐かしむという構成になっています。いらぬ詮索を受けるとも限りませんので、そのままにしております」

「それならば構成を変えればよいではないか」

「これは父、乙麻呂の考えでつくったものですから変えられません。父の遺した詩集に、私が少し編集の手を加えて完成させたもので私の作ではありませんし、このご時世、外に出して詩集が一人歩きをしていつ父の名前に傷が付くとも限りません。どうぞ、そのままにしておいてください」

宅嗣は宿奈麻呂が勝手に動かぬように強く諭した。この従兄は時として早とちりをする危険がある。

石上乙麻呂の作には『銜悲藻《かんぴそう》』という漢詩集二巻があった。これは土佐配流のときに詠んだ詩を集めた、それこそ日本初の漢詩集であった。『銜悲藻』が個人詩集であるのに対して『懐風藻』は百二十首の詩、六十四人の作者による全集である。

「宅嗣の言うのはもっともだろうがそれにしても惜しい。そのようなことをしていたら誰のものかわからず散逸してしまうぞ」

「さようですね。いずれ寺でも建てて原本を保存するようにいたします」

「寺……、まったく雲をつかむような話だな」

「あいすみませぬ」

宅嗣はなんとか宿奈麻呂がこのことを忘れてくれるようにと望んだ。

「あのとき一緒に来た者たちが誰であったか覚えているか」

「茨田王《まんたの》様、大伴家持様、……でした」

「そうそう、思い出した。あのときは家持がそなたの『懐風藻』を見つけて誰の作か心当たりがあるかと聞いてきた。おおかた淡海三船《おおみのみふね》だろうというと、それはありえないという。もしやと思って宅嗣にカマを掛けたらあっさり答えたのだ」

「宿奈麻呂様でなかったらお話しはいたしませんでした」

宅嗣は仕方がなかったといった調子で語った。


道祖王の廃太子の詔は、天平勝宝九（七五七）年三月二十九日におこなわれた。

「聖武太上天皇没後の喪中の礼を顧みず侍童と通じ機密を漏らし、婦言に左右され、また夜中に御所を出て市中をさまよう。人として幼稚である」

というのが理由である。

廃太子とされた道祖王は東宮御所から出されて右京の邸に戻された。聖武上皇が没してわずか十カ月、聖武上皇の遺勅という形で保とうとした皇統継続の策は脆くも崩れた。

人びとはこの廃太子が藤原仲麻呂の謀略によると噂する。そして事実、道祖王ののちには仲麻呂が養育してきた二十五歳の大炊《おおい》王が立太子される。

大炊王は舎人《とねり》親王の七男である。母は上総守当麻老《たいまのおゆ》の娘山背《やましろ》。舎人親王が没したとき大炊王はわずか二歳であった。

舎人親王は元正女帝から、新田部《にいたべ》親王と共に幼少の首《おびとの》皇子《みこ》（後の聖武天皇）を補佐することを命じられる。また長屋王が反対した光明子の立后も、舎人親王の手腕で達成された。聖武天皇・皇后にとって舎人親王は親しく、そして力になる存在であった。

大炊王は祖父当麻老のもとで成長するが、祖父が没すると仲麻呂は自分の私邸田村第に住まわせた。そして死んだ実子の真依《まより》の妻栗田諸姉《くりたもろあね》を娶せていた。

大炊王には、六人の兄、御原・三便・三島・船・池田・守部王がいる。

立太子

「玄蕃頭《げんばのかみ》殿、大炊王様、いや大炊親王様の立太子はどのようにして決まったのかご存じですか」

宅嗣は世間話のようにして部下の玄蕃頭に尋ねた。玄蕃寮は治部省の管轄にあり、治部小輔宅嗣の配下である。このときの玄蕃頭は舎人親王の傍系に連なる一人で、内輪の事情が詳しく伝わっているだろうと宅嗣は考えた。

「それは小輔様のほうがご存じではありますまいか」

「いや詳しいところはとんと知らぬ。ご存じならばお教えくだされ」

宅嗣は下手に出た。今は目下でも、大炊親王が順調に帝位にでも就こうものなら今の玄蕃頭は自分の上司になるかもしれない。

玄蕃頭の話は要を得ていた。

空位となった皇太子に誰が就くか、あるいは誰を推すかは、将来の自分の勢力の浮沈につながる。会議の場は重臣たちの虚々実々の駆け引きとなった。

この会議に名を連ねた重臣とは、藤原南家の長である豊成と光明皇太后の覚えめでたい藤原仲麻呂、藤原北家永手《ながて》、紀氏の長老紀麻路《きのまろ》、宣化《せんか》天皇を祖とする多治比広足《たじひのひろたり》、天武の親王長《なが》親王の子で臣籍に降った文室智努《ふんやちぬ》、大伴氏の古麻呂である。

孝謙天皇が皇嗣について意見を徴する。

仲麻呂の兄である藤原豊成と藤原永手は廃太子となった道祖王の兄である塩焼《しおやき》王を推した。塩焼王は、孝謙天皇の異母妹不破《ふわ》内親王の夫で血縁関係も近い。

文室智努は舎人親王の子池田王を進言し、大伴古麻呂がこれに同調した。

仲麻呂は「すべて天皇にお任せする」と述べ、候補者を出さなかった。

ここで皇太子候補は皇族中の長老であった舎人・新田部両親王の系統に絞られた。

新田部親王系での嫡子は道祖王の兄塩焼王である。しかし、塩焼王は過去に女官と共に伊豆国三島に流されるという不始末があった。聖武上皇の覚えが良くない。のちに許されて都に戻ることはできたが、それでも聖武は官位を復させなかった。

塩焼王は聖武上皇の遺志に沿わない、と候補から外れた。南家、北家の長が推した新田部系の目はなくなった。

舎人親王系の船《ふねの》王は女性関係がだらしないという風評が知れ渡っており失格。

池田王は家族との関係が円満でなく災いを呼ぶといってこれも失格とされた。結局、重臣から挙げられた候補者はすべて落ちた。

減点法ですべて落とした後、孝謙天皇は舎人親王の末子の大炊王には悪い噂は聞いたことがないがどうだ、と持ち掛ける。自分の推挙した皇子をけなされ半ば投げやりになっていた重臣たちは、陛下がよろしければ、と異議を出さない。そのまま大炊王に決まってしまった。意見を徴するのは見せかけで結局は始めから決まっていたのだ、と重臣たちは筋書きを書いた仲麻呂の仕打ちに憤懣《ふんまん》を抱いた。


（……それでは豊成様や智努王様の立つ瀬がない）

宅嗣は思った。宅嗣の考えを察したのか、

「私ども舎人の系譜に立つ者には有り難いことではございますが、仲麻呂様から兄上の豊成様に事前にお話があっても良さそうなものだとも思います」

と玄蕃頭は言った。

（仲麻呂政権はいよいよ本物になってきたということか……）

時代は急速に流れている。また一方でなにかが起こりそうだ。

この立太子劇をきっかけに、今までそれほど仲がよいと思われなかった大伴古麻呂と橘奈良麻呂が急速に接近していく。

宅嗣にはこの皇太子擁立が真に皇統を思ってのこととは思えなかった。

昇進

大炊王の立太子が決まった天平勝宝九(七五七)年の五月、宅嗣は従五位上に昇進。翌月の六月十六日、相模守に任命される。

(一度は地方に転任されるとは思っていたが、この人事にはどんな意味があるのだろう。自分も仲麻呂から反対陣営に目されているのか。邪魔者は地方に送れということか)

叙任のあった夕方、宿奈麻呂がやってきた。どっかと宅嗣の前に座ると切り出した。

「宅嗣は昇進が早いな。まあ、親父殿が中務卿だからあたりまえか。それにしても俺の後任が宅嗣とは恐れ入った」

宅嗣の一条屋敷は中務卿であった父乙麻呂の屋敷をそのままに引き継いだもので、宅嗣の官位にしては少々立派すぎる大きさだ。おまけに内裏から東に二筋、光明皇大后が住む法華寺に隣接した処であわただしい城市から離れている。住み心地のよいこの屋敷は、宿奈麻呂をはじめ親類縁者たちにとって格好の集いやすい場所である。

「この屋敷は水が豊富でよいな。この季節、市中は臭くてたまらない。都と違って相模は良いところだぞ」

宿奈麻呂は相模を誉める。

都市設計の面からいえば平城京は決して恵まれた場所ではなかった。藤原京が狭すぎるので北方の開けた場所に平城京は設けられた。しかし水不足という決定的な悪因がある。

大きな川から離れているため、ものを運ぶには船便が使えない。大量輸送が難しく食料などを効率的に運ぶことができないし、諸国からの税としての産物を運搬するにも支障がある。

内裏のそばには小さな川が流れ、内裏にそば近い宅嗣の邸はその恩恵を受けているのだが、平城京全体を見れば常に水が不足している土地で、そこに人口十万人が住んでいる。

生活排水や排泄物は、道路の脇につくられた溝に捨てられ、川からの水で流される仕組みに設計されていた。しかし夏場には水が枯渇してほとんど流れない。悪臭を放つ汚物が溜まり、衛生状態は極度に悪化する。


「ところで内々の引き継ぎがある」

と言って宿奈麻呂は宅嗣の目をまともに据えた。

宅嗣が姿勢を正すと宿奈麻呂は、

「東市に近いところに相模国の倉がある。いや、あったというべきか」

「なんのための倉ですか」

「相模でつくられた麻を貯蔵しておく倉だ」

「して」

「その倉を東大寺が欲しいというので売ってやった」

「なるほどその金子《きんす》を着服したのですね」

「そなたも言いにくいことをズバリと言うな。まあ、そなたは学者肌だからな」

学者肌と言われて宅嗣は少しむっとしたが、

「わかりました。ほかになにか」

と、とりあえず年上の従兄の顔を立てた。


相模国に限らず関東の国々は、調として布を上納することが決まりであった。布は「あずまのくにの調」と呼ばれ、東国の忠誠を示す貢納品とされた。しかし古くから宮中行事や祭祀に用いられる布は上総国、今の袖ヶ浦付近でつくられる望陀布《もうだのぬの》という麻織物に決まっていた。相模の布は望陀布の代用品。望陀布が足りないときに使用される二級品で、上納されるとはいうものの、ほとんどは東市でそのまま売られることが多かった。そのため相模国は東市のそばに貯蔵の倉をもっていたのだが、宿奈麻呂はその相模国の倉を東大寺に売ったようだ。

宿奈麻呂が帰ると、入れ違いに久米若売がやってきた。孝謙天皇のそば近くに仕えている。

「今日は千客万来ですね」

宅嗣が笑いながら話すと、

「どなたか先客がいらっしゃるのですか」

若売がいぶかしむように聞く。

「今、宿奈麻呂殿が帰られたところです」

と、宅嗣。

「そうですか。なにか良からぬことをお聞きになったわけではありませんね」

「事務の引き継ぎみたいなものでした」

「そうでしたね。相模守の前任は宿奈麻呂様でした。ところで……」

「ところで……」

宅嗣が話を催促する。

「宅嗣様はできるだけ速やかに相模にご出立なさいませ」

「もちろん規定どおり、一月以内には相模に行くつもりではいますが」

「一月先では、遅うございます。ここ五日ほどが限度かと存じます」

「五日。なぜそれほど急がなければならないのですか」

「謀反でございます。いや謀反に名を借りた粛正と申した方がよいかもしれません」

「謀反……。誰が謀反を起こそうというのですか」

「奈良麻呂様にございます」

「まさか。橘奈良麻呂様はこのたびも昇進され、地位も大納言に昇格された。先日の皇太子の選定についてはご不満もありましょうが、なにも謀反を企てるほどのこともありますまい」

「ご謀反の意思がはっきりなさっているかどうかはわかりません。しかし仲麻呂様は決戦の覚悟とお見受けします」

「邪魔者は廃するということですか」

「帝もそのご意思にございます。帝はかねてから奈良麻呂様が女帝を見下した発言をなさるのを快く思っていらっしゃいません」

若売は陛下のそば近くに仕える者らしく話を裏づけた。

「仲麻呂様がいかに専制的になろうとしても、光明上后様がそれをお止めになるのではないですか。なにせ、仲麻呂様も奈良麻呂様も、上后様から見れば同じ甥なのですから」

「光明上后様のご心痛はお察し申し上げます。しかし事態はそれで丸く収まるところではございません」

「うーん」

宅嗣は唸った。

「ところで、その事件が起きるとして、私にどんな関係があるのですか」

宅嗣は、そんな火の粉は自分には飛んできそうもないはずだと言った。

「宅嗣様は道祖王様とお親しいのではありませぬか」

「道祖王様と特別親しいわけではないですが。……道祖王様は文学がお好きで私に詩作を教えてほしいと言われ、時々お見えになられた」

「仲麻呂様はおそらく道祖王様も血祭りに上げてしまうのではないかと」

「それは帝のご意思なのでしょうか」

「陛下は決して気の荒い方ではございませんが、事が起こった場合、女帝を認めようとしない輩にははっきりとした態度をお取りになります」

「なるほど……そのような展開ですか」

「いずれにせよ、早くご出立なさってください」

若売は気が急いていた。

「わかりました。明日、東大寺に参り思託様にご挨拶をしたのち、すぐに用意をいたします」

「思託様……ですか。鑑真和上ではないのですか」

思託は鑑真とともに唐から渡来した僧である。沂州《ぎしゅう》今の山東省の出身で鑑真和上が日本渡航を計画した当初から行動を共にした。天平勝宝六（七五四）年二月に東大寺客坊に入り、同年四月には聖武上皇の授戒をおこなった鑑真を補佐して儀式を成就させた。のちに新田部親王の旧宅跡に唐招提寺が創建されると、鑑真に従って同寺に移っている。

「むろん鑑真和上のご教授をいただけるならばそれに越したことはありませんが。私は思託様からいろいろと仏道を教わっております」

「そうなのですか。……そうそう忘れるところでした。一人お目通りをお願いいたします」

「お目通りとはまたご大層な」

若売はいったん中座して、まもなく美しい娘を連れて戻ってきた。真っ直ぐの豊かな黒髪をもつ目元が涼しい娘である。宅嗣が驚いたように見ていると、

「これは私の姪で蒼井《あおい》と申します」

「叔母様の姪御とは」

「吉備の久米の里におります弟の娘にございます。先月、都に出て参りました」

「これはまた若売殿に似て随分と美しい」

宅嗣から本音が出た。

「宅嗣様、蒼井をともに相模に連れて行ってくださいませ」

「なにをおっしゃいますか。これほどの器量良しならば内裏に入れても引けを取らぬものを」

「宅嗣様、おなごの美しさはそのおなごのためになるとは限りません。時としておなごの美しさは不幸を招くもとにもなります。恐れ多いことでございますが、もしも、帝がこれほど美しくなかったのなら、聖武上皇様もお血筋からお世継ぎをお決めになられるのを、とうにお諦めになり、ほかにしかるべきお方をお求めなられたことでございましょう」

(そうかもしれない。美しいおなごにはなにやら不幸がついて回るのかもしれない)

若売は自分のことを言っているようだと宅嗣は感じた。

「相模国に行きますれば、土地の豪族たちが競って美しいおなごを差し出すに相違ございません。宅嗣様が美女に目をくもらせ自分を失うはずはございませんが……」

若売は蒼井に目を配らせながら言った。

「買い被っては困ります。私も男でございます」

「蒼井を連れて参らせれば豪族たちも滅多なことはいたしません……のでございましょう」

宅嗣には佐渡という妻があったが、夫婦になって数年のうちに死別していた。

「いろいろとご配慮を有難うございます」

宅嗣は首を垂れた。蒼井はその様子を不思議そうに見ていた。

事態が逼迫《ひっぱく》しているという若売の忠告に従って、宅嗣は早々に相模に出立することにした。治部少輔の後任はまだ決まっていなかった。しかし部下の玄蕃頭が職務は熟知しており、事務上の引き継ぎに関しての心配は必要ない。

若売に話したように旅立つ前に思託と会おうと考えた宅嗣は翌朝、東大寺を訪ねた。思託は宅嗣の心の拠り所でもある。しかし、思託は下野国（栃木）の薬師寺に出かけたという。ふだん思託に付き添っている小僧は申し訳なさそうに宅嗣に留守を告げた。

「下野国か、ならば行き違いになってしまうな」

宅嗣はため息を漏らした。

地図上、相模国は下野国への途中に思えるが、当時、都から下野国への道は東海道を経由しない。東海道の本通りは文字どおり海のそばを通るが、相模国の先は三浦半島を通り、海を渡って上総、下総に抜ける。下野国に行くには東山道すなわち近江・美濃・飛騨・信濃・上野を通って下野に至るのが常道だった。

蒼井

「相模国はどのようなところでしょうか」

旅支度をして早速、宅嗣のもとにやってきた蒼井は、人懐っこい言い方で宅嗣に問うた。

いくら伯母の若売から「宅嗣の供をせよ、嫁になれ」と言われたとはいえ、そのまま自分の運命と受け入れる蒼井の気持ちが、宅嗣にはよくわからない。

「それは私にもわからない」

宅嗣が答えると蒼井は、

「宅嗣様は、宿奈麻呂様からなにも聞いていらっしゃらないのですか」

と意外な顔をした。

「宿奈麻呂殿は、相模は良いところだというだけで、なにが良いのかさっぱりわからない」

「ああ、そうなのですか。その話、若売様が聞いたら笑い出しますよ、きっと」

「若売様の宿奈麻呂評はどんなものなのですか」

「宿奈麻呂様はとても頭のよい方なのだけれども、自分で考えて自分で納得なさってなにをおっしゃっているのかよくわからないことが多い、と言います。広嗣様も同じだったそうです」

（広嗣は独り合点のところが多かったに違いない。でなければあのような無茶な乱を起こさなかったはずだ。宿奈麻呂と若売はなさぬ仲の親子になるが、若売からは気を遣うことが多いのかもしれない）

「ところで若売様が言われるように、そなたは私とともに相模に行くつもりなのか」

「はい、そのように旅支度もして参りました」

蒼井はいまさらなにを、と言わんばかりである。

「都は好きではないのか。都にあこがれて出てきたのではないのか」

「私は都に来たいと思って出てきたのではありません。吉備の郷で気儘《きまま》にしていたかったのですが、伯母様がいらして都に出てくるよう厳命され、仕方なく出てきました」

「吉備の郷の方がよいか」

「別にどちらがよいというわけではありませぬが、都では男衆が煩わしすぎます。毎日毎日恋文ばかりで面倒です」

「そうかなるほど。都から離れれば厄介な男どもの干渉から逃れられるというわけか」

「それもありますけど、ちょっぴり宅嗣様に付いていくのもいいかなと」

蒼井は一寸《ちょつと》はにかんだ仕草を見せた。そしてその仕草は、宅嗣の心に蒼井に対する愛しさをうんだ。

「富士の山は本当にきれいですね」

蒼井は宅嗣の顔を見るたびに言う。東海道は都から伊賀、尾張、三河、遠江、駿河、相模と続く道だが、遠江を越えたあたりから富士山が見えるときは、飽きずにその景色を見ている。相模国の国府に着いたときも、屋敷から富士が見渡せるのを蒼井はなににもまして喜んだ。

「無邪気だな」

宅嗣は苦笑する。その宅嗣に向かって、

「宿奈麻呂様は正しいのかもしれませんね」

と蒼井。

「なにが」

「相模国のよいところを表現するのは言葉では難しいです」

「ほう、そんなにここが気に入ったのか」

蒼井にとって相模国はことのほかお気に入りの国柄であったが、国守に赴任した宅嗣にとってはいささか厄介なところであった。
相模国には皇族の封戸《ふこ》が多すぎるほど多かったのである。封戸とは、貴族に与えられた土地と領民のようなもので、本来、公民が国家に納めるべき税を私有する権利が与えられていた。相模国の封戸は、光明上后やその一族に支給されるため、宅嗣はその管理もおこなわなければならない。光明上后の機嫌を損ねることは即失脚を意味した。

宅嗣が離れた平城京は激動の都となる。
藤原仲麻呂は橘諸兄が没したのを好機として反対派の粛清にかかった。宅嗣が予想したように相模守に転出させたのも、仲麻呂から見れば敵だか味方だかわからないものは遠ざけるという考えだったようだ。仲麻呂の人事は露骨だった。まずはじめは古代からの勢力を維持する大伴氏。反仲麻呂の中心だった大伴古麻呂を陸奥出羽按察使・陸奥鎮守将軍に任じて陸奥国に遠ざける。紫微府の中で目障りな賀茂角足《かものつのたり》を遠江守に追いやる。むろん、仲麻呂の鉾先は橘諸兄の跡を継いだ橘奈良麻呂。奈良麻呂の取り巻き連を日々追いつめられていく。奈良麻呂陣営をいち早く裏切ったのは歌人大伴家持であった。

橘奈良麻呂集団が旗印としていたのは、反女帝である。

天平十五（七四三）年、難波行幸中に聖武天皇が病に倒れたとき、奈良麻呂は小野東人《おののあずまびと》らとともに次期天皇として長屋王の係累でただ一人残った黄文王《きぶみ》を擁立しようと画策した。すでに天平十（七三八）年には皇女の阿倍内親王（孝謙天皇）が皇太子に立てられていたが、奈良麻呂は女性の皇位継承者を認めず、これを廃して男性の天皇を、と動いたのである。

奈良麻呂の理屈では、女帝はすべて未婚か未亡人。次の代の天皇が決められているとき暫定的に定めた中継ぎの天皇である。次の代も決められておらず一代限りで終わる女帝の孝謙天皇では皇位継承者とはいえない、というものである。

七四九年（天平二十一年・天平感宝元年・天平勝宝元年）、聖武天皇から譲位された阿倍内親王が孝謙天皇として即位すると、光明皇太后の事務を司《つかさど》る紫微中台という役所が生まれた。皇太后を警護するため軍事力を有するこの紫微府の長官に、光明皇太后の甥である藤原仲麻呂が就いた。

光明子は、藤原鎌足《かまたり》の子、藤原不比等の娘であるが、父の不比等は天智天皇の子と光明子は信じて疑わなかった。不比等に生き写しというほどよく似ていた北家の四男清河《きよかわ》と南家の次男仲麻呂、天智の血を色濃く引く二人の栄達を成就させることは、光明皇后にとって自分の責務だという信念があった。それは皇位の中に持統以来の天智の血筋を絶やさぬようにするという堅固な思想とも相通じたものである。最も寵愛した清河は遣唐使として派遣し、ゆくゆくは阿倍内親王に見合わせたいと思っていたが、その清河はいまだ帰国していない。

奈良麻呂

七月も半ばを過ぎた頃、宿奈麻呂が数人の部下を連れ、相模国の国衙《こくが》にやってきた。宅嗣は宿奈麻呂から、橘奈良麻呂の失脚、そしてそれに連座する四百人にも及ぶ粛正劇を聞くことになる。

宿奈麻呂は数カ月前まで自分の座っていた席に宅嗣の姿を見ると、都の石上邸と同じように宅嗣の前にドカンと座り、

「まさか宅嗣が蒼井をかっさらって相模にやってくるとは思わなかった」

と笑いながら切り出した。

「別にさらってきたわけではないのだが……」

宅嗣が苦笑しながら応じる。

「そうです。私は自分の意志でお供をしてきたのです」

いつの間に入ってきたのか、蒼井も追随した。

「ほう、面白い。自分の意志で来たか……。宅嗣のどこが気に入った」

「宿奈麻呂様にはおわかりになりませぬ」

蒼井が返す。

「そうか、わしにはわからぬということか。まあ、久米の美女が二代続けて石上に奪われたということかな」

「若売様と乙麻呂様はそのようなご関係ではございませぬ」

蒼井は気色ばんで話す。その勢いに宅嗣もいささか驚愕した。

「そうか、言葉が過ぎた。許せ」

宿奈麻呂は素直に謝り、宅嗣に向き直って語調を変え、

「都はすさまじいことになった」

と話を始めた。

「私は席を外した方がいいのでは」

蒼井が席を立とうとするのを宅嗣は押しとどめ、宿奈麻呂に先を促す。

「そなたが都を離れたのはいつだったかな。叙任の発表のあと早々と相模に出発したと思ったが。早く都を離れて正解だった」

「六月の末にはこちらに着いていました。それで、どのようないきさつで事件は発覚したのですか」

宅嗣は若売から出立を促されたことは敢えて話さなかった。

「事の起こりは答本忠節《たほのちゅうせつ》であるらしい」

「あの百済人の医師からですか」

「そうだ、医者というのは地獄耳をもつな。巨勢《こせ》の堺麻呂《さかいのまろ》が答本の家に薬の処方を尋ねに行ったそうだ。そこで堺麻呂は、大伴古麻呂が小野東人を味方に引き入れ、仲麻呂を誅する計画があることを聞き出したらしい」

「それで巨勢様はどうされましたか」

「堺麻呂は右大弁だから当然、上司の右大臣である藤原豊成様に報告した。ところが豊成様は、仲麻呂は若いからいろいろ反発もあろう。わしのほうから古麻呂によく話して聞かせるからそのままにしておけ、と事態の深刻さに想いが至らなかった」

「豊成様らしいですね」

宅嗣は恰幅のよい鷹揚な豊成の姿を思い浮かべた。豊成は弟の仲麻呂とは正反対の性格である。

「埒があかないと見た堺麻呂は事の経緯を仲麻呂に直接告げたらしい。ここから事件は急展開した」

「そうですか。巨勢様は豊成様が信じられなかったのですね」

「騒ぎを大きくしたのは罪ではあるが、結果として堺麻呂は自分の身を守ることには成功したのだろう」

「そこから粛正が始まったのですか」

「いや、仲麻呂が実際に動き出したのは山背《やましろ》王の密告があってからのようだ」

「山背王……？」

山背王は長屋王の子である。本来なら長屋王の変に連座して命が奪われるはずだったが、母が藤原不比等の娘であったため罪をまぬがれた。後日、山背王は密告の功績で従三位に出世する。

「山背王様はどのような情報をつかまれたのですか」

「六月二十八日だそうだ、山背王は孝謙天皇に、奈良麻呂が兵をもって仲麻呂の邸を包囲しようと計画している、と具体的に話したようだ。堺麻呂の話と同様、小野東人が鍵を握っている話もしたらしい」

「ふうー」

宅嗣は思わず息を継いだ。宿奈麻呂は宅嗣の顔をのぞきこんで、

「やはり宅嗣も気になるだろう。小野東人は治部省で宅嗣の前任者ではないか……。彼奴は兄貴の広嗣の乱のとき、片棒を担いだため伊豆に流された。帰ってきたときには治部少輔になっ

たはずだが」

「さようです。私と入れ違いに備前国守に出られました」

「そなたが治部省にそのまま居たならば、詮議を受けるところだったかもしれぬ」

「そうです。治部省を離れて助かりました。宿奈麻呂殿は詮議を受けられたのですか」

「いや、俺は相模から戻って間もなかったので、それはなかった」

「小野東人はそれほどの人物だとは思われないのですが、奈良麻呂様はどうして小野に大事を託したのでしょう」

「そなたもそう思うか。俺もそれが疑問なのだが……」

七月二日、孝謙天皇と光明皇太后は重臣を集めて、自分の家や一族の祖先の名を汚さぬようにと諭す。

皇太后は、

「大伴・佐伯氏は昔から天皇の警護を行う武人であり、なかでも大伴氏は自分と親しい一族である。陰謀を捨てて清き心で朝廷を守り立てよ」

と諭した。

「皇太后陛下はなんとか穏便に済ませたいと思われたのですね」

「俺もそうだと思う。しかしそうは進まなかった。仲麻呂にとっては自分の足下を固めるに絶好の機会だと思ったに違いない。山背王の密告は本物だが、もうひとつの上道《じょうとう》斐大都《ひだつ》からの報告はどうも怪しい」

「上道といえば我が物部の一党です」

「そうだったな。上道は吉備の物部一党だな。斐大都は中衛府の舎人だから仲麻呂の直接の部下になる。だから、もし斐大都の報告が事実なら、仲麻呂は山背王が訴えて事件が明るみになる前に謀反の中身を知っていなければおかしい」

「ということは、報告はでっち上げですか」

「というよりは、いろいろな断片的な情報や噂を具体的に詳細に練り上げて、つじつまを合わせて話を作り上げ、それを斐大都が報告をしたという形にしたのだろう」

斐大都は備前国上道郡の出身。備前守であった小野東人と接触がある。仲麻呂が放っていた密偵だった可能性もある。話を作り上げる緻密さは仲麻呂の真骨頂だ。

「同じ不比等の血筋を引いていても、我が藤原式家にはああいう緻密さはないのだ。兄貴も馬鹿な戦さをしたし」

宿奈麻呂は、橘諸兄に刃向かって墓穴を掘った兄の広嗣を引き合いにして、自嘲的な話の仕方をした。

「それで、奈良麻呂殿は罪を認めたのですか」

「うむ、これもまた妙な話なのだ」

「……」

斐太都の密告を受けて仲麻呂は中衛府の兵を動かし、小野東人と答本忠節の捕縛に向かわせた。また元皇太子の道祖王の邸を包囲する。東人を捕らえて右大臣・豊成、中納言・藤原永手が尋問をする。当然両名ともしらを切る。

報告を聞いた孝謙天皇は仲麻呂を立ちあわせて、塩焼王、安宿《あすかべ》王、黄文王、橘奈良麻呂、大伴古麻呂を前に、「謀反の企てがあるとの訴えがあるがそなたたちを自分は信じている」と宣命を読み上げ、謹慎させた。ところが、朝廷内に右大臣殿の詮議は生ぬるいという批判がでてきた。むろんこれは仲麻呂が工作したのだろう。豊成はまさか弟から刺されるとは思っていなかった。取り調べの主導権は二番手だった北家の永手に移った。

「永手殿は気性が激しいから……」

「そう、それが仲麻呂のねらいだったのだろう。永手は東人を厳しい拷問にかけて、自白させた。その自供に基づいて、ということになっているが、実際のところはわからない。橘奈良麻呂、大伴古麻呂、道祖王、黄文王、多治比犢養《たじひのこうしかい》、賀茂角足。まあ、そのほかにもあったが、逮捕された主だったところはこんなところかな」

「謀反の仔細はわかっているのですか」

「田村第を襲って仲麻呂を殺害。邸内の皇太子を退位させる。駅鈴《えきれい》と玉璽《ぎょじ》を奪い、右大臣豊成が天下に号令して天皇を廃し、塩焼王、道祖王、安宿王、黄文王の中から天皇を推戴するという筋書きだ」

「奈良麻呂は抵抗しなかったのですか。一戦構えてよさそうなものだけれども」

「奈良麻呂は騙し討ちにあった。東人の自白を知らされず、面々は朝議を行うと集められて無防備で集まったらしい」

「背筋が凍りますね」

「面々を待っていたのは杖で全身を打つ拷問。道祖王は拷問を受ける前に死んだそうだ。皇太子などにならなければ良かった、そんな野心はなかったのだと随分と先帝を恨んだことだろう」

「天武天皇のご子孫である王族を、家臣である永手が拷問にかけるなどありえないはずなのですが」

「そう、まさかそこまではすまい、と思っていた節もあるな。拷問でつぎつぎと絶命した道祖王、黄文王、大伴古麻呂、……いやはや気の毒なことだ」

「首謀者の奈良麻呂は本当に白状したのですか」

「永手の追及に対して奈良麻呂は『東大寺などを造営し人民が辛苦している。政治が無道だから反乱を企てた』と弁明したそうだ」

「その言い分はないですね」

「東大寺造営は奈良麻呂の父、橘諸兄殿が始めた事業だ。奈良麻呂がこれを言うのはおかしい。ひょっとしたらこれも捏造かもしれぬ。奈良麻呂は捕まるとすぐに殺されていたのかなとも思う。奈良麻呂の最期は誰に聞いてもわからないのだ」

「この乱に連座したとされ処罰を受けたものは四百人以上とのうわさですが」

「連座したのが四百四十三人……。殺されはしなかったが、安宿王は佐渡島、大伴古慈悲は土佐に流され、塩焼王は臣籍降下、右大臣藤原豊成は大宰府外帥に左遷、もっとも病気と称して難波の別邸に引き籠もったらしいが」

「仲麻呂様の天下が完成したというところですか」

「政敵は一掃できただろうな。当分の間、刃向かう者はいまい」

三人が話に夢中になるうち、夜も更けていった。宿奈麻呂は話すべきことはおおむね伝えたという体で客間に去っていった。

つい一カ月前まではこの屋敷は自分の邸宅であったし、仕えている者も見知りの人たちばかりである。宿奈麻呂は親しく声をかけ、また奉公人たちも笑顔で応えていた。その様子を見ていた蒼井は、

「宿奈麻呂様は意外と優しい方なのですね」

と宅嗣に話しかけた。

「うむ、私は宿奈麻呂殿が部下たちと話をするのをあまり見たことがなかったが、意外な面を見たような気がする」

宅嗣は答えた。

「お話を聞いていて思ったことなのですが」

蒼井は首を傾げながら言う。

「なんだ。申してみよ」

「女の私が口を挟むべきことではないのですが……」

「もう口を出しているではないか」

と宅嗣が笑うと、蒼井は口をきっとへの字に曲げたが、

「謀反のかどでつぎつぎに皇子様が亡くなったり失脚なさると、次の帝の候補の方がなくなってしまわれますね」

宅嗣は蒼井に言われてふと気がついた。失われたのは皆、天武の皇子。

聖武天皇の顔がふと思い出された。東大寺へ参詣したおり、父乙麻呂が宣した天智天皇から伝わるという「大命」の言葉。符合する。

宅嗣が黙っていると蒼井は、

「若売様が、乙麻呂様に『自分のために名誉が傷つけられ、長い間土佐に幽閉され、たいへんな迷惑をおかけしてしまった』とお謝りなったときに、乙麻呂様は『これは物部の本流である石上の宿命なのだ。倭迹迹日百襲媛《やまとととひももそひめ》、袁本杼命《をほどのみこと》など、過去には何度か皇統が危うくなったときがあった。それを質《ただ》したのが物部の役目だった。逆に皇統に揺るぎがないときであれば物部は最も嫌われる存在だ』とおっしゃったそうにございます」

「親父殿は若売様にそんなことを話していたのか」

宅嗣は感嘆し、また正月に若売が石上神宮に宅嗣を訪ねてきたときのことを思った。

（そうか。自分の役割は女帝を権威づけることではなさそうだ。女帝の次を質すことが自分の役目なのだ）

「宅嗣様はなにを考えておいでです」

蒼井が顔を窺う。

「うむ。考えていることを口に出すと、すべて嘘になるような気がする」

「そうですね。言葉って不完全ですね」

蒼井は妙に納得したような顔になった。

相模の大地

明くる日の午後、宅嗣、宿奈麻呂、蒼井の三人が談笑していると思わぬ客が訪ねてきた。思託である。思託はその頃東大寺に居住していた師匠の鑑真和上の命で、下野薬師寺を訪問し、帰りに相模国にやってきたのだった。思託の到着を聞かされた宅嗣は、大喜びで客人を出迎えた。

「思託殿、よくぞ相模に立ち寄ってくだされた。お留守中にこちらへの赴任が決まってしまったので、当分はお会いできないのかと覚悟しておりました」

「下野国に下向すると決まったときに、鑑真和上からは帰りに相模国に寄るようにと申し遣っておりましたので当初からの予定にはしていたのですが、下野薬師寺に着いたとたん宅嗣殿が相模の国司になられたと聞いて驚きました」

「さようですか。鑑真和上様はなにゆえ、相模国に立ち寄るようお話しになられたのでしょうか」

「相模国の国府はこの平塚にあって、国分寺は海老名にある。日本全国、国分寺はその国の中心の国府にあるのがなにゆえ、相模国は別の場所にあるのであろうか。和上はえらくこのことが気になっておられるようです」

「鑑真和上はなぜそのようなことを気に留められるのでしょうか」

「それは、今、全国に国分寺が建てられていますが、これらは唐の国の様式で建てられています。しかし、日本には仏教が伝わった頃からの朝鮮の様式の寺院があります。例えば斑鳩の郷の法隆寺は我々唐僧から見れば、まことに妙な形をしているといえます」

「それは伽藍の位置のことでしょうか」

宅嗣ははっとして聞いた。

「むろんそれもありましょう。和上はこの国に戒律を伝道するために荒海を渡られた。戒律とは仏道を成就するために人として守るべき規則ですが、風俗慣習も異なるこの国に来て、唐の国の戒律をむやみに押しつけて果たしてよいものかと疑問に思われている。この国はこの国の戒律があってもよいのではないか、というのが和上のお考えなのです」

「そのための下野視察でございましたか」

童顔の思託はにっこりとして頷いた。

「相模の国分寺が海老名にできたいきさつはご存じか」

思託が聞いた。

「それは私よりも、前任者である藤原宿奈麻呂殿がよくご存じのはず」

宅嗣はよいきっかけができたと、宿奈麻呂に話を振った。

「宿奈麻呂様、私は相模国には国分寺はまだできていないのかと思っていました。どうして国分寺は国府にないのですか」

蒼井が率直に宿奈麻呂に聞いた。

「それは相模国が壬生《みぶ》の国だからよ」

「壬生……それってなんですか」


孝謙天皇は四十六代天皇だが、三十六代前の崇神天皇は全国に四道将軍を派遣した。治安が悪かった東国には長男の豊城入彦命《とよきいりびこのみこと》を上毛野《かみつけの》に常駐させた。その子孫が毛野《けの》氏や壬生氏で、相模国の国造、今は郡司と呼ぶその役職は、豊城入彦命の子孫である壬生氏が世襲し律令体制になっても、郡司として根強い勢力を保っている、と宅嗣が説明する。


「そういえば大野東人もその一党だったな」

「拙僧が視察してまいりました下野の薬師寺は、天武様時代に下毛野子麿《しもつけのこまろ》様が創立なさったとお聞きしました」

「そう、下毛野子麿は我らの祖父の不比等様とともに律令を編纂した人だ」

「それで、郡司が壬生様だとどうして国分寺が国府と別のところにできるのですか」

蒼井は話を元に戻した。

相模国は壬生の勢力の強かった高倉（座）が中心だった。そこに西側の師長国《しながのくに》が合併されて相模国ができる。そうして国府は高倉でもない、師長でもない平塚の地に定められた。聖武天皇の詔により、相模にも国府の平塚に国分寺を建てねばならなかったが、それには壬生の協力が得られなかった。壬生は相模国以外にも一族で郡司を仕切っている。板東《ばんどう》の寺はほとんど壬生が建てていて壬生にへそを曲げられると、たとえ国司でもそうやすやすとことは運ばない。

「というわけで相模の国分寺は海老名に造られたのですね」

「そう。まあ、それと引き換えにいろいろ役得もあったがな」

宿奈麻呂は自嘲的に言い、蒼井はまぁ、ずるいという目で宿奈麻呂を見た。

翌日、宅嗣は思託を国分寺に案内することにした。宅嗣が宿奈麻呂に「行かないか」と誘うと、

「急ぐ旅ではないし、詳しいところは郡司の壬生黒重が案内するのだろうから、会いに行って

みるか。もう壬生に会う機会はそんなにないかもしれない」

と宿奈麻呂も同行した。

　相模の国の国分寺の主要伽藍配置は、いわゆる「法隆寺式」という形である。東側に金堂、西側に高さ六十五メートルの七重塔、北側中心部に講堂があり、周囲を中門・回廊で囲んでいる。

　壬生の頭《かしら》が熱心に説明するのを宿奈麻呂が、

「いつもの壬生とは違うな」

とからかったが、壬生はまじめ顔で、

「鑑真和上様は百済式の仏教を排斥なさるおつもりなのでしょうか」

と思託に尋ねた。思託は、

「和上はこの国に戒律を伝道するために参られたのだが、つねづねその国にはその国の慣習がある。仏法も伝道された経緯があって、それを一概に誤りだと切り捨てるのは間違っていると申されています」

と答えた。

　壬生黒重はこれを聞いて安堵し、また鑑真に対する尊敬の念を深めたようだった。

宅嗣と蒼井の相模での生活は穏やかな日が続いた。

都では孝謙天皇が母の光明皇大后の勧めに従って譲位し、大炊王は淳仁天皇となった。仲麻呂は右大臣（太保《たいほ》）となり恵美押勝《えみのおしかつ》の名を賜わった。祖父の中臣《なかとみの》鎌足が、右大臣に任じられ藤原姓を賜った故事に重ねたのである。

蒼井は健やかな女の子を産み、石上も相模も日本も順調に進むかにみえた。


その年、天平宝字二（七五八）年の九月。渤海に派遣されていた小野田守《おののたもり》が渤海使楊承慶《ようしょうけい》、副使楊泰師《ようたいし》らを伴って越前国に帰国する。田守は驚くべき大陸情報をもって帰ってきた。

「唐が滅びた」

と言うのである。

小野田守がもたらした情報は三年前（七五五）の十一月に勃発した安史《あんし》の乱である。安禄山《あんろくざん》はこの年の前年にすでに暗殺されているが、それはまだ伝わっていない。田守は天平勝宝五（七四三）年の遣新羅大使を務めたが、新羅が礼を欠いたとの理由で任務を執行せず帰国したという強硬派の外交官であった。

早速、小野田守は仲麻呂の聴聞を受ける。


「渤海がこの乱を知ったのはいつか」

「唐の国で、なにかおかしい、なにか変動があるようだと知ったのは一昨年の春です。そしてその年の四月に玄宗《げんそう》皇帝より渤海に援軍を求める使者が参りました」

「それで渤海は援軍を送ったのか」

「いいえ、渤海は真偽を確かめるために、唐に使者を派遣したのみにございます」

「それで足りたのか」

「渤海は未だ情勢を見守っているものと心得まする」

「清河の安否はわかっておるのか」

仲麻呂は従兄の名前を口に出した。清河とは北家房前《ふささき》の四男。天平勝宝元（七四九）年の孝謙天皇即位にともない、兄永手に先んじて参議に任ぜられた。仲麻呂にとっては最大の強敵でありその安否については気になるところだ。

「お亡くなりになったという情報はございませぬ」

「そうか」

仲麻呂は心を見透かされないよう、目を閉じた。直ちに大宰府に、万が一安禄山の軍が攻めてきたときの対応を準備せよと命じた。

仲麻呂には清河が唐に旅立つときに、光明皇太后と清河が互いに歌を詠んだことが思い出された。仲麻呂にとっては苦い思い出である。

春日にして神を祭る日に、藤原太后の作ります御歌一首
即ち入唐大使藤原朝臣清河に賜ふ
大船に　真楫しじ貫き　この吾子を　唐国へ遣る　斎へ神たち
光明皇后
（大船に櫓を多く備えて、この愛しい我が子を、手放して唐国へやります。どうか神々たちよ、守ってください）
『万葉集』巻十九　四二四〇
大使藤原朝臣清河の歌一首
春日野に　斎く三諸の　梅の花　栄えてあり待て　還り来るまで
藤原清河
（春日野でお祭りする社の梅の花よ。このまま咲き栄えてずっと待っていろよ。私が帰国するまで）
『万葉集』巻十九　四二四一

天平宝字三（七五九）年の正月、仲麻呂は渤海使を私邸の田村第に招いて宴会を催した。当代の文士を集めて詩を吟じ合う送別宴会である。この会には宅嗣も相模国から呼び寄せられ、都に帰り民部少輔であった宿奈麻呂も、そして思託もここに集った。

「おぬしのお陰で思託殿とはすっかり親しくしていただくようになった」

宿奈麻呂が思託を伴って近づいてきた。

思託と宅嗣が挨拶を交わすと、宿奈麻呂が、

「どうもお偉方は新羅がお嫌いらしい」

と場にそぐわない話を宅嗣に言う。

「なにかあるのですか」

「この宴は渤海国との国交樹立祝いの会だが、渤海とことさら仲良くするのは新羅に対する牽制ということだ」

「なにか裏があるのですか」

「仲麻呂が造船を命じるらしい」

「造船？」

「そう新羅征伐のための造船五百隻」

「今は唐が倒されて、日本まで攻め込まれるのではと恐れているのに、わざわざこちらから出兵ですか」

宅嗣は少し呆れた顔になる。

「そう、唐が新羅の応援はできない状態だからこそ、任那の旧領地を取り戻すよい機会だと仲麻呂は考えているようだ」

「新羅相手に勝てると思っているのですか」

時代錯誤も甚だしいと宅嗣は言う。

「白村江で破れたのは唐が支援したからだと仲麻呂は考えている。唐が支援できなければ、我が軍は勝てると思っている……のではないかな」

「唐の国に対してはどうするのですか」

「高元度《こうげんど》を遣使にするらしい」

「高元度。誰ですかそれは」

「渤海の前に高句麗という国があったな。その国の王族だったそうだ。今、唐の国に行くには南航路では危なくて行けない。渤海を経由して唐へ向かうことになるが、そのために好都合だということだろう」

宅嗣は半島の勢力を頭で描いてみた。東に新羅、西に百済、南に伽耶・任那、北に高句麗。宅嗣が思い浮かぶ韓半島の姿だ。そこから伽耶が滅び、百済、高句麗が滅んで新羅が統一王朝となる。高句麗の後には渤海が建国されて新羅と敵対する。この渤海と親交を結んで新羅と相対する戦略だという。

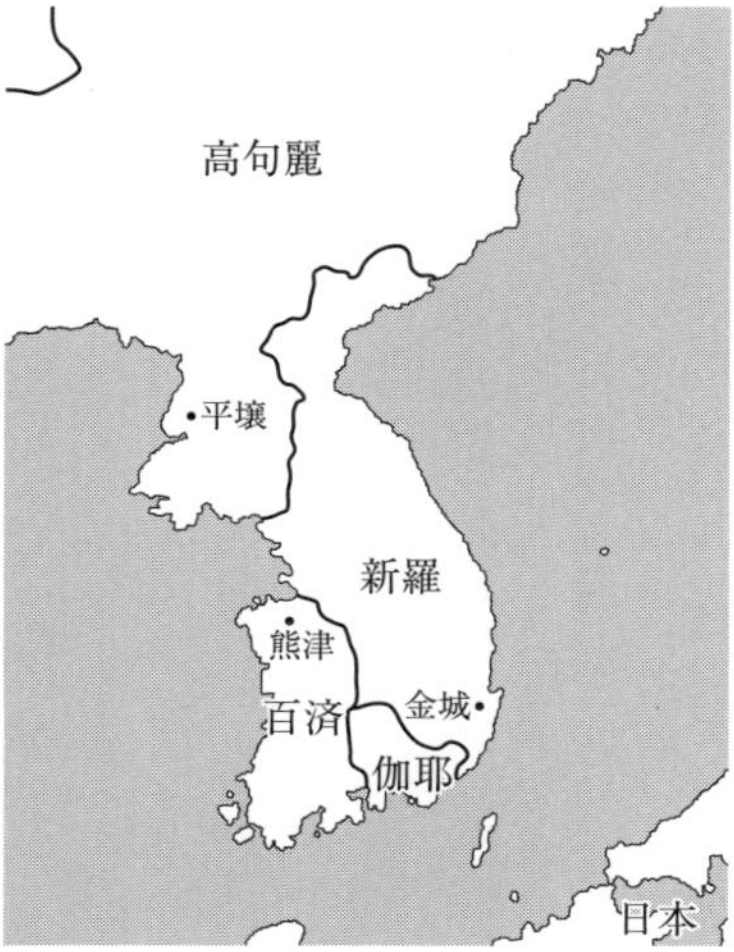

6世紀前半の韓半島勢力図

8世紀の韓半島勢力図

「高元度は遣唐使には違いないのだが、実際のところは清河を迎えるための遣使ということらしい」

宿奈麻呂は話を続けた。

「清河殿はもう日本に帰ってこない人かと思っていました」

「鑑真和上が来日されたとき、清河は阿倍仲麻呂《あべのなかまろ》と一緒に帰ってくるはずだったのだが、季節はずれの台風に流され唐に戻ってしまった」

「清河様は唐でどうされているのでしょうか」

「名前は河清《かせい》と名乗っているそうだ。職は秘書監だと聞いたことがある」

「秘書監！」

珍しく思託が声をあげた。

「秘書監とはどのような職なのですか」

驚く思託を不思議に思って宅嗣は尋ねた。

「秘書監とは皇帝の蔵書を管理する最高責任者です。唐ではこの職の位は非常に高く、国政の中心をなす尚書省長官と同じように三品に列せられます」

「そうか、それで清河は日本にいないのに従三位になっているのだな」

宿奈麻呂は理解ができたという顔になった。

「秘書監は過去の事件に通じているということで、皇帝の政務について助言ができる職務でもあります。しかし、外国人が秘書監の職に就くとはにわかには信じがたいですね」

と思託がつなぐ。

「阿倍仲麻呂様も秘書監になられたとお聞きしましたが」

宅嗣が首を傾げると、

「いやそれは、阿倍が日本に帰るというときに、皇帝がそのはなむけに名誉職で下賜したようなもので、実際はどこかの地方の都督のはずだ」

宿奈麻呂が解説する。

「日本の方は皆さん優秀ですね」

「それで、このような時節になぜ清河様をお迎えになる使者をお出しになるのでしょうか。まあ、当然といえば当然なのかもしれませぬが」

宅嗣は宿奈麻呂に聞いてみる。

「皇太后様の強い御意思らしい」

「清河様は特別優秀な方でしたがそれにしても」

「上皇はまだ子が産めぬ年でもあるまい。本来の血筋からいえば上皇に子ができれば跡目はできる。今までに女帝が新たに結婚をするというような例はないがな」

「それが遣唐使とどのような関係があるので」

珍しく思託が口を挟んだ。

「皇太后はもともと清河を上皇の相手としてみていた……のではないかな、即位されたとき、何人も飛び越して参議に抜擢されたのだし。宅嗣どう思う」

宿奈麻呂は宅嗣に振った。

「そう言われると、なんとなく頷けます」

「清河が遣唐使として出発するときに皇太后が詠んだ歌を覚えているか」

「『大船に　真楫しじ貫き　この吾子を　唐国へ遣る　斎へ神たち』でしたね」

「さすが宅嗣は頭がいい。そう、皇太后は、清河を『この吾子を』と言っているのだ。尋常ではない言い方で、俺はその当時、吃驚《きつきよう》したのを覚えている」

「皇太后のお眼鏡にかなっていたのは仲麻呂様ではなくて、本当は清河様だったのかもしれませんね」

「その清河様が帰国途中、流されて日本に帰れず、代わりに鑑真和上と私どもが参った」

「そう、清河や阿倍が帰れずに仏法の戒律が日本に伝わった、ということだよ」

と宿奈麻呂は面白いことを話すかのような口振りで話をまとめた。


宿奈麻呂と別れた後、宅嗣はあらためて思託に聞いた。

「思託殿、先ほどの話ですが、なぜ秘書監とはそのような高い位に立つのでしょうか」

「……うむ……それはどのように話したらよいか。この国には文字というものが古にはなかったのであるし……」

思託の言葉がしばらく切れた。

「唐の国はおおよそ二千五百年の歴史がある。むろん王朝は商から始まって幾度となく交替してきているのだが」

ようやく思託が話したところでは、

古代、商（殷）の時代、国の統治は神の意思を占っていた。神と王の仲介をし、王に天意を伝える卜占師が存在した。卜占師は、甲骨を集め磨製加工し、そこに文字を掘って火にくべる。割れたひびの形状で神意を推測し王に言上した。むろん、神意は占ったままで終わるわけではない。占いに使われた甲骨は、史官という職の役人によって、その過程と結果を加えて刻され、相当期間保管されたのち、予言が当たっていればさらに文字が整理補充されて保存された。

神意はことあるごとに卜占されたわけではなく、過去に同じような事例があればその例が参考にされた。

周の時代以降になると卜占とは別に六壬神課《りくじんしんか》と呼ばれる天文をもとにした占術に変わり、その記録媒体も甲骨ではなくて竹簡・木簡へと変化した。今日においても記録の重要性は変わらず、皇帝は過去の為政の記録である膨大な資料を所蔵し、またそれらを日々研究修得する人員を抱えている。

唐の場合、秘書とは皇帝が所蔵する書物群をあらわし、秘書監とはそれらの書物を統括し、必要に応じて皇帝に進言を行う職責。

それが秘書監であるという。

「文字から考えると秘書の秘は、『隠された』といった意味に受け取れるのですが」

宅嗣はさらに突っ込んで聞く。

「なるほど、この国ではそのように受け止められることはあるでしょうな。秘という字の意味は、もともとは『はかりしれない、奥深い』という意味なのですがね」

その月の晦日、すなわち正月三十日、高元度を第十三次遣唐使ならびに迎入唐大使に任命するとともに羽栗翔《はぐりのかける》を通訳としてつけた。羽栗翔は阿倍仲麻呂の従者であった羽栗吉麻呂《よしまろ》と唐人との間に産まれた兄弟の一人で、吉備真備とともに帰朝していた。

そして二月十六日、渤海使は高元度らを伴って渤海に帰国する。

宅嗣が一条の屋敷に戻ると孝謙上皇のそばに仕えている若売が待っていた。

若売は宿奈麻呂の弟雄田麻呂《おだまろ》（のちの百川《ももかわ》）の母である。上皇・皇太后のそば近くに仕え式家を支える一方、乙麻呂が没した後はなにかと宅嗣の面倒をみている。


「お帰りなさいませ」

「私は祝宴のために一時戻ってきただけで、すぐに相模に戻るのですが」

「それにしてもお帰りなさいませ。蒼井は元気にしておりますか」

「ああ、息災でおります。ややが生まれたのはご存じですかな」

「おめでとうございます。溌剌《はつらつ》としたよいお子だそうで」

「うむ、確かに溌剌としているのですが……」

「なにか不都合でも」

「まあ、生まれたばかりの赤ん坊がこの先どうなるかもわかりませぬ。あの子はどうも宮仕えには向かないような気がします」

「さようですか、母が蒼井ではだめですか」

「そんなことを私は言っておりませんが」

宅嗣は慌てて言葉を打ち消した。

「それはそうと、宅嗣様は相模にいては朝廷の動きはよくわからないと存じますが」

「京にいてもよくはわかりませんが……、遣唐使の裏事情については宿奈麻呂殿よりあらまし聞きました」

「上皇様はどうしても清河様に帰ってきてほしいとのお考えです」

「皇太后様が上皇様と清河殿を見合わせたいというお望みだったとかいう噂があるそうですが」

「そのような噂があるのも存じておりますが、それよりも上皇様がお心を悩ませておられるのは半島問題なのです」

「半島問題とは対新羅のこと……ですか」

「さようです。仲麻呂様はなにかと神功皇后を例に出されて女帝の御代にこそ半島を奪還できると吹聴されているとか。上皇様はそれが我慢ならないのです」

「なるほど。しかし私は相模にいるからなにもできませぬが」

「もうすぐ辞令が出るはずでございます。このたびは三河の国司にご栄転でございます」

「なに、もうそんなことまで決まっているのですか」

「はい、おめでとうございます」


延喜式では、各令制国はその国力により、大国、上国、中国、下国に分類されていた。そしてさらに都からの距離によって畿内、近国、中国、遠国と二重に分類される。相模は国力では上国であったが、遠国に分類され、三河は同じ上国ではあったが近国である。当時の三河国は岡崎周辺の狭い範囲だけではなく、北、東に広がる大きな国だった。当然序列も高い。


「そうか、三河だとだいぶ都に近くなります」

宅嗣が喜ぶと、

「領国は三河になりますが、宅嗣様は豊川に赴任されることはないと思います」

と若売。

「遙任……か」

と、宅嗣は嘆息する。遙任とは在京のままで政務を執り、任地には代わりの目代を派遣することをいう。

若売が頷く。

「私になにをせよと申されるのでしょうか」
「治部省、外交のお仕事だと存じますが、そこまでは存じません」
「……」
宅嗣は口に手の甲を当てて、しばらく目をつぶった。

仲麻呂は新羅征討のための造船五百隻を命じ、大宰帥である船親王を香椎廟《かしいびょう》に派遣して新羅征討計画を報告させた。香椎宮は、半島に出兵し三韓を支配下にした神功皇后と仲哀天皇を主祭神としている。仲麻呂が新羅征討の決意を内外に示したのである。

日本のただならぬ動きを察知したのか、新羅使が八年ぶりに来日してきた。

日本と新羅との両国関係は、半島を統一した新羅が国家意識を高揚させ対等な日羅関係を求めたのに対して、日本はあくまで従属国扱いしたことで緊張した。

天平勝宝四（七五二）年、新羅王子金泰廉《きんたいれん》ら七百余名の新羅使が来日して日羅関係はいったん修復したかにみえたが、天平勝宝五（七五三）年、唐の朝賀の席で遣唐使と新羅の使者とが席次をめぐって争う事件が起こる。このため、この年に新羅に遣わされた大使小野朝臣田守は、新羅王景徳王に拝謁を拒まれた。屈辱を受けた小野田守は遣渤海使として鬱憤を晴らそうとする。

八年ぶりにやってきた新羅使は献物とともに日本語を学ぶ留学生二名の受け入れを願い出た。朝廷は先年の景徳王の非礼を咎め、新羅大使の身分が軽微であることを理由に接待を拒否した。小野田守が受けた仕打ちをそのまま返した格好である。

こうして仲麻呂は、渤海との連携を視野に、軍船三百九十四隻、兵士四万七百人を動員する本格的な新羅征討計画を進めるのであった。

光明子死す

天平宝字四（七六〇）年、六十歳の皇太后はその年の春から病にふせっていた。疫病が流行したこの年、都には多数の死者が出ている。見舞いに訪れた孝謙上皇に、

「私も兄上たちと同じ病にかかってあの世に行く」

と言って娘を悲しませた。

兄上たちとは、同じ不比等を父とする南家の武智麻呂《むちまろ》、北家の房前、式家の宇合、京家の麻呂の藤原四兄弟である。

四兄弟は父不比等の後、政界の主導者となった長屋王を追い落とし、妹の光明子を皇后に立て、藤原四子政権を樹立する。しかし、天平九（七三七）年、新羅使が朝鮮から運んだ天然痘が蔓延し次から次へと死没。巷《ちまた》では四兄弟の死は長屋王の祟りだと噂された。

光明子は祟りを恐れるような弱い女性ではない。それでも甥の橘奈良麻呂、また夫の聖武天皇が跡継ぎと定めた道祖王を死に追いやったことについては、気がとがめていた。

仲麻呂は皇太后の回復を祈って諸国の神社に祈祷をさせ、宮中では僧侶に読経をさせ法会を

営なむ。あらゆる手を尽くすが、六月七日、ついに光明子はあの世に旅立ってしまった。遺体は聖武の眠る佐保山南陵そばの佐保山東陵に葬られる。

光明皇太后の死によって打ちひしがれた孝謙上皇は、政務に口を出すゆとりをなくしてしまった。仲麻呂が太政大臣となり、決済の頂点であった皇太后を肩代わりする恰好になる。重しがとれた仲麻呂は、翌天平宝字五（七六一）年新都を造ろうと、近江国保良宮《ほらのみや》の造営を開始する。祖父不比等が淡海公、父武智麻呂が近江守、自らも近江守。いわば自分の領地に都を移すのである。

保良宮は東山道・北陸道方面からの物資の集積地である勢多津の近郊で、もともと朝廷や貴族・寺院が多くの倉庫や別荘を有する経済的要地である。

天平宝字五（七六一）年の八月、清河を迎えるための遺唐使として二年前に出立した高元度が戻ってきた。しかし清河を伴ってはいない。

朝廷は高元度に渤海王に与える多量の品を持たせた。その上で藤原清河を迎えにいく使者に協力してほしいとの親書を持たせた。渤海王はその期待に応え、渤海からの案内人を同行させた。また、治安が乱れた道中を多勢で行くのは目立ちすぎる。高元度は渤海王の忠告に従って総勢九十九人を、羽栗翔をはじめとする十一人に縮小させて清河の迎使者とした。

渤海にとどまった一行は天平宝字三（七五九）年十月、先に対馬に漂着している。


高元度らは唐皇帝から船を与えられ渤海を経由することなく大宰府にもどった。皇帝は多量の下賜の品々を与えたが、河清と中国名をもち、すでに秘書監という皇帝の側近ともなっている清河の帰国を許さなかった。

おまけに皇帝は高元度に唐からの大使である沈惟岳《しんいがく》を同行させていた。

沈惟岳は、

「安禄山の乱のため、多くの兵器を失ってしまった。今弓を作ろうとするが牛角が足らないので贈られたい」

という唐皇帝の詔を伝えた。

「蒼井、私は異国に行くことになった」

朝議から戻ってきた宅嗣は蒼井の顔を見るなりこう言う。

「今度はどちらですか。この前、上総だったから、今度は北の陸奥ですか、それとも南の大隅ですか」

「いや違う。唐の国だ」

「カラの国。それってどこにあるのですか」

「大陸だ」

「大陸って遣唐使のこと……」

「そうだ」

「遣唐使ということは少なくても三年は帰ってらっしゃらないってことですか。清河様も阿倍様もいらっしゃったきりだし。吉備真備様も十八年もお帰りにならなかったし。その間、蒼井はどうすればよいのですか」

「どうすればよいかと聞かれてもな……。私は清河様をお迎えに行くのが任務だから次の遣唐使が来るまで滞在した真備殿のようなことにはならないはずだが」

「また変な男どもがうるさくなるし、若売様みたいに謀略にかかるのもいやだし」

「……」

「そうだ、宅嗣様が唐に行かれるのなら蒼井は吉備に帰ることにします」

蒼井が脳天気ともいうような話をしていると、噂をすれば影とやら、若売がやってきた。

「まあ、なんと仲のおよろしいことで」

と言葉をかけながら若売は座ると、

「まずは、おめでとうございます」

と挨拶をする。蒼井が慌てて座を正す。

「なにがおめでたいのかわかりませんが」

「亡くなった宇合がよく申しておりました。男の出世の方法には二通りあると。一つは天皇様のご即位に関わること。今一つは、外国に行くこと。つまり遣唐使になること。ご祖父の麻呂様は新羅に渡られてご出世されたのでございましょうが。宅嗣様にはよいご出世の機会でございましょう」

若売の亡夫藤原式家宇合は、霊亀二(七一六)年八月、遣唐副使に任ぜられて正六位下から従五位下の叙せられた。翌年入唐し、さらにその翌年十月に帰国したが、それ以降トントン拍子に出世した。

「なるほど、そう考えるのか」

「宅嗣様にお願いがございまして参上いたしました」

「さて、若売様のお願いとは」

宅嗣は些《いささ》か緊張する。

「私の姻族に賀陽《かよう》氏という一族がございます」

「ということは蒼井とも関係があるということですな。賀陽氏は古の加夜国の造家であったと思うが……」

「さようにございます。賀陽に豊年《とよとし》という者がおりまして、おこがましい話ではございますが幼いときから学問好き。書物がなによりも好きで、今では五経を諳《そら》んじております。できますれば宅嗣様に唐の国にお連れいただき、数多《あまた》の書物を学ばせたいかと存じます」

「伯母様、豊年はいくつになります。まだ十二、三歳だと思いますが」

蒼井が横から口を出した。

「そう十三歳です」

「十三歳で五経を諳んじているとは頼もしい」

「宅嗣様は諳んじていらっしゃらないのですか」

と蒼井が突っ込む。

「もちろん私は仕事であるからして諳んじている」

蒼井は、そうかな、と小首を傾げる。

「ところで、賀陽のご子息ならば吉備殿のところに参られてはいかがか。真備殿は私よりも遙かに学問に通じていらっしゃいます」

「それはそうでございましょうが、失礼ながら、吉備真備様はともかく、吉備氏は地方の豪族にすぎません。また、真備様はご高齢で豊年とは年が離れすぎております」

「なるほど」

と言って宅嗣は間をおいた。宅嗣にある考えがひらめく。

「わかりました。豊年はいつ連れておいでになりますか」

「お急ぎになられますか」

「急ぐというわけではありませぬが、我が家には祖父麻呂と父乙麻呂が集めた書物が数多あります。かねてから書物を系統立てて整理しなければと思っていたところです。入唐すればいつ帰って来れるかもしれませぬ。それほど書物が好きであるのなら、私が書物を整理するのに良き手助けになってくれましょう」

「書物の整理をさせるのですね。それは豊年も喜びましょう。明日でも連れてまいります」

若売は勇んで帰っていった。

宅嗣の家にはかなりの蔵書がある。左大臣であった祖父の麻呂は天武天皇の時代に遣新羅使として半島に渡っており、帰国のときには大量の書物を持ち帰っている。

さらに石上家が多数の書物を保存しているのには理由《わけ》がある。およそ五十年前、麻呂の時代には藤原京からこの平城京への遷都があった。それまでの遷都とは違って大規模な遷都である。群臣たちはようやく完成した藤原京から、居を暖め落ち着く間もなく平城京に移り住まねばならなかった。それぞれがあてがわれた土地に新屋敷を建設したが、平城京は不比等が所有していた土地を中心にして都城が建設され、石上の屋敷は麻呂の左大臣という地位に相応しく、内裏の東側に不比等の館に隣接した一等地が与えられた。不比等の居宅跡は、法華寺としてつい先年まで光明皇太后の居宅であったところである。

麻呂は藤原京の留守居役として旧都にしばらく留まることになり、ほかの貴族たちのようにあわただしい引っ越し騒ぎをすることから解放された。したがって大事にしていた書物や家宝が失われるようなことがなかった。さらに、父の乙麻呂は、自ら『懐風藻』を編纂するような文人肌の人で、書物を集めるのに余念がなかった。

おまけに物部の当主である宅嗣には石上神宮があり、ここには古代からのこの国の成り立ちと歴史についての書物が残っていた。

宅嗣は遣唐使に任命はされたが正使ではなく副使である。正使には仲石伴《なかのいわとも》がついた。石伴は皇族の一人で石津王《いしづ》といったが臣籍降下し仲麻呂の養子となる。この度の遣唐使は清河を迎えるのが主目的。旧皇族であり太政大臣の養子という地位の高さが目的に適っていた。

しかし、このころから、宅嗣の処遇は微妙に変化していく。

「宅嗣が居ないときには大楯は誰が持つのかな」

例によって宿奈麻呂は唐突な話の仕方をする。

「なんのお話ですか」

宅嗣が聞き直すと、

「いや、宅嗣が唐に行っている間に天皇が変わることがあれば、即位式に誰が大楯を持つことになるのかと思ってさ」

「宿奈麻呂殿はやけにそのことにこだわりなさいますね。私がいなければ家成殿でしょう」

「家成は正六位下だったな。まさかそんな位の者に大楯は持たせないだろう」

天皇の即位には物部氏の長が大楯を持ち、中臣が天神の寿言を奉読し、忌部《いんべ》が神璽《しんじ》の剣と鏡を奉って即位の儀を成就させる。楯は大王《おおきみ》の権威を示し、寿言は皇祖の由来を物語る。これに草薙剣《くさなぎのつるぎ》、八咫鏡《やたのかがみ》と八尺瓊勾玉《やさかにのまがたま》の三種の神器を引き継ぐことによって皇位に就くのが儀式の習わしになっている。

「なにがおっしゃりたいのですか」

「上皇は亡くなられた皇太后と仲麻呂にうまうまと乗せられて淳仁天皇に位を譲ったのだが、仲麻呂の仕打ちに対して本心はどうお考えなのだろうか」

「宿奈麻呂殿はまた異変があると思っていらっしゃるのですか」

「仲麻呂が保良宮に遷都すると言っているらしいが、その辺から爆発するかな」

宿奈麻呂は冗談めかして笑い顔になる。そしてこのあと宿奈麻呂の予想は見事に的中するのである。


その年、天平宝字五（七六二）年の十月、仲麻呂は保良宮に遷ることを断行した。名目は平城京の大改修のためである。

保良宮に移って、孝謙上皇は体調を狂わせてしまう。

光明皇太后が亡くなったあと、仲麻呂はすべて独裁でものを決めた。この保良宮の造営についても相談はない。上皇自身、近江に移るとは思ってもみなかったのである。

さらに、仲麻呂は新羅出兵を画策している。新羅を攻めてなんの得になろうか。今のこの国に新羅を攻める力があるのか。最近では、仲麻呂は自分が育て傀儡《かいらい》にしている淳仁を、聖武天皇が決めた跡継ぎで聖武の皇太子だと言い始めている。

聖武天皇の皇太子は自分一人である。皇太子とはなんなのだ。一代の天皇に同時に二人の皇太子が存在するのか。大炊王が皇太子なら自分はなになのか。いずれ、自分の存在は抹殺されるということなのか。

父聖武上皇は崩御間際に道祖王を皇太子に定めたが、

『もしも不都合があるのなら道祖王を奴隷にすることも憚らず』

と言われた。淳仁のままでよいのか。いったい自分の後継者はどうすればよいのか。孝謙上皇は眠れぬ日が続く。

「上皇様。ご気分がすぐれぬようでございますが、祈祷師をお呼びしましょうか」

上皇のそばに仕えている久米若売が伺う。

「祈祷師は無用。呪文はかえって気分が悪くなる」

孝謙上皇はもともと雰囲気に左右される人ではない。

「さようですね。それでは少し変わったお坊様がいらっしゃいます。お呼びしてもよろしいでしょうか」

「変わったとは……」

「なんでも禅に通じているとか。また鍼治療に詳しいお坊様です」

「禅というのはなにか」

「それは私にはわかりません。上皇様がご自身でお聞きくださいませ」

若売はその僧侶を呼びにいって、しばらく戻ってこなかった。二刻も過ぎようとしているとき、体の大きな老僧を伴って戻ってきた。

「道鏡《どうきょう》禅師様でございます」

待たされた上皇は不機嫌である。

「お召しによりまして参上つかまつりました」

「随分と遅かったな」

「お勤めの途中にて、遅くなりました」

「……お勤めとは」

「これはまた、異なることを申されます。坊主のお勤めは第一に御仏にお仕え申す、ご祈祷申し上げることにございまする」

「……」

上皇にとっては自分の常識と異なる初めての経験だった。

自分の命令よりも優先するものをもつ、上皇はこの老僧の話を聞く気になった。

道鏡は文武天皇四（七〇〇）年の生まれ。すでに還暦を過ぎている。孝謙天皇はこのとき四十三歳。道鏡は天武天皇に育てられた法相宗の義淵《ぎえん》の弟子で兄弟子の良弁《ろうべん》からサンスクリット語を学んで禅に通じ、禅師に列せられて宮中の仏殿である内道場に入ることが許されていた。


「道鏡殿か……」

「どうぞ道鏡とお呼び捨てください」

「ならば道鏡、若売の話ではそちは禅に通じていると聞いたが、禅というものはどういうものか。簡単に私にわかるように申してみよ」

「単刀直入で恐れ入ります」

「簡単には答えられぬか」

「いえ、上皇様にはご理解いただけると存じます。……禅は心の持ちようにございます」

「心の持ちよう、……」

上皇は顔をしかめる。

「ある人が海に投げ出されたといたします。波が高くまわりも見えず必死にばたばたと躯を動かします。すると躯は海に沈んでしまいます。またある人が、海に投げ出され、投げ出されたことを受け入れて躯も心も海に投げ出すと躯は自然に浮いてきます。拙僧の理解する禅とはこんなものです」

道教の説く禅というものが果たして正しいものなのか、上皇には判断できなかった。しかし上皇の今の立場を見事に説明しているかのように思えた。

「しかし、なにもかも受け入れ、なにもしないというわけにはいかないであろう」

「さようです。自分という立場を捨て去り大局に身を任せたとしても、どうしてもしなければならないこともございます」

「それはどこが違うのか」

「その違いは言葉では言い表せません。『敢為《かんい》』と申しますその心境は、そのときにしかわかりません」

「それでは、心持ちではなくてどのような心構えかを話してくれぬか」

「さようでございますな。人にはそれぞれ役目というものがございます」

「宿命ということか」

「いいえ、違いまする。上皇様は天皇陛下をご指導されるのがお役目。そのお役目で上皇様のご都合ではなくてご自身から離れたところで物事をご覧になって、するべきことが生じたのならば敢えてどんな障害があってもおこなう、ということでございましょうか」

いつもに比べて溌剌とした応答をする上皇を若売は喜んだ。

若売が上皇に鍼の施術を勧めると道鏡は、

「今日はその用意がないので、次回にしてほしい」

と答えた。

「道鏡は鍼の技術をどのようにして覚えた」

上皇は道鏡の修行の過程を尋ねる。

「大筋のことは書物に書いてございます」

「書物だけでは施術はできぬと思うが」

「さようにございます。ご不快に思われることになろうかと存じますが、申し上げてよろしゅうございますか」

「なにか、とりあえず申してみよ。不快に思えば話を止める」

「恐れ入りましてございます」

と言って道鏡は姿勢を正した。

「拙僧は河内の弓削の生まれでございます。幼き日、弓削に預けられそのままになりましたそうで、本当の出生は知れません。河内の弓削はもともと物部の一党でございます。およそ二百年前、物部は蘇我との戦に敗れ、弓削は四天王寺の奴卑にされました。さげすまれた弓削は飢饉が起こるとほかの村からの略奪にあいます。私は幼き日より多くの死人を見てきました」

多くの死人という言葉で上皇の頬は些か緊張した。

「頭を割られた者、首を切られた者、胸を裂かれた者、いろいろでございます。残された者は死者をできるだけ綺麗な姿にしてあの世に送ろうといたします」

道鏡は少し間を置いた。

「拙僧は数多くの死人を見ることによって人の体がいかに動き、いかに経路が流れ、いかに体の中が積み重なっているかを覚えました。鍼の施術書を見ますと経路の流れていないところに鍼を打って刺激して流し、経路が固まっているところには別の場所を刺激して固まりを散らす。これが鍼の極意と心得ます」

道鏡はこう言って、安心しなさい、と上皇に微笑んだ。

しばらく歓談の後に道鏡は引き上げていった。


文武天皇が定めた大宝律令には、現代の宮内庁病院ともいうべき典薬寮に医師、医博士、医生のほかに鍼博士一名、五名の鍼師、十名の鍼生が置かれている。これら鍼治療の技術ははじめ遣隋使や遣唐使などによってもたらされたが、早くから民間療法として広まり、正式に認められた医師のほかに天才的な治療を施す僧侶や祈祷師がいた。道鏡はそのような人であった。

心の病が救われた上皇は急速に道鏡に傾斜していく。そして上皇の道鏡への思い入れは、淳仁天皇のみならず仲麻呂を不安に落とし込んだ。光明皇太后が没した今、二人は絶対的な権威の後盾を失ったことを感じるからである。

光明皇后が没した直後、精神的に打撃を受けた孝謙上皇は、仲麻呂の言うがままに動き、仲麻呂は太政大臣という官制ではこの上ない地位に昇り詰めた。しかしこの地位も上皇を頂点とする天皇制の上にあってはじめて権威づけられる地位である。その最高権威者の孝謙上皇が否定すれば足下は危うくなる。不安に駆られ胆力のない淳仁は、言わずもがなのことを上皇に言って不興を買う。それを苦々しく思いながらも仲麻呂には打つ手がなかった。

「上皇が坊主に夢中だという話を聞いたか」

宿奈麻呂は口が悪い。

「道鏡禅師様のことでございますね」

蒼井が口を出した。

「ほう、そなたにまで噂が広がっているのか」

「そうではございません。道鏡様は上皇様の心をお慰めしてご病気の鍼治療をなさっているのです」

「そんな話は誰から聞いた」

「伯母様からです」

「若売か。俺の方の情報不足かな。しばらく会っていないからな」

「……」

「宅嗣。道鏡は施基《しき》皇子の子どもで母親は石上麻呂の娘だという噂があるが本当か」

「父の姉妹のだれかが施基皇子の子どもを産んだという話は聞いたことがありますが。本当でしょうか。道鏡禅師の出身地の河内弓削は物部一党には違いないのですが」

「そうか、宅嗣は否定はしないんだな。ということは幼子を弓削の郷に預けたということもありか」

「否定するもなにも。六十年も前の話で考える手立てがまったくありません」

「施基皇子の子どもだということになると大変なことになる」

宿奈麻呂が呟く。

「なにが大変なの」

蒼井が宅嗣に無邪気に聞くと、

「淳仁天皇様は舎人親王の皇子の最後の一人だから、そのあととなると天智天皇の系統になる。ということは、天智天皇の皇子である施基皇子の子どもだとすれば、道鏡禅師にも皇位継承権が生まれてくるのだ」

「そうだ、そのとおり。物部石上の頭領殿。天皇即位の儀式には物部の頭領が大楯を持ち大太刀を授けねばならない。そなたの一言でいっぺんに世の中ひっくり返るからな。くれぐれもよろしく頼むよ」

「まあ、そんな事態になりはしないでしょう」

宅嗣は答えながらも、このまま淳仁天皇の御代が順調に続くとは思えなかった。

天皇

「若売、そなた道鏡禅師のことをどう思う」

上皇が若売に聞く。

「どう思うと言われましても、どうお答えしてよいかわかりませぬが。ご立派なお坊様とお見受けしますが……」

「うむ、私は生まれて初めて『自分で考えよ』と、教えられたような気がする」

「人は皆それぞれの境遇を経て生きてまいりますが、道鏡様は人並みはずれた大変なご苦労をされて今の地位まで昇られたのでございましょう」

「そうだ、若売もあらぬ冤罪で苦労したのだったな」

「私の苦労は苦労の内には入りませぬ」

「このごろ私はふと思う。私は天皇だったのかと」

上皇の目が虚空を見た。

「それは間違いなく上皇様は天皇であらせられました」

「そうであろうか。私が天皇であった時代は、天皇とは名ばかりで母の皇太后が称制をしいていただけではないのだろうか」

天皇が空位のときに、皇后が臨時に政事をおこなうことを称制といった。

「上皇様は毎日、みかどで詔をお宣じあそばしましたでしょう」


みかどとは「朝庭」のことである。「かど」は庭の古語である。「朝庭」は「朝廷」に文字を変えるが朝廷の官吏たちは大極殿の前の庭で、大極殿院の南門で宣せられる詔を聞き、役所の朝堂に入って仕事をした。


「あのような詔は誰かが書いた文を読み上げるだけだ」

上皇は悲しげに言う。

「上皇様はそのようにお考えになっているのですか」

「父の本当の思いはどのようなものであったのだろう。道祖王の廃太子ははじめから見越しておられたように思う。そして仲麻呂が淳仁を立てることも見越していた。すべてが不適格だということを明らかにして私に皇統を正しくせよと命じたのかもしれぬ」

「聖武天皇様は、本当はどなたを後継者とお考えになられていたのですか」

「わからぬ。しかしこの都では、天智のお子の大友《おおとも》と争われ制覇された天武と、天智の娘の持統の間に生まれた草壁《くさかべ》が正統とされている。その意味で舎人の血筋はあくまでも傍系なのだが」

「どのようになさるおつもりですか」

若売は、このとき上皇がすでに淳仁を廃する意思を固めていることを感じた。

「どのようにすればよいのかのう。このようなときに頼れるのは真備なのだが……」

上皇は皇太子時代の学問の師匠、吉備真備の名を出した。

「お呼び寄せになられますか」

と言う若売の問いに答えず、

「戦乱が起きるかもしれぬ。たとえ戦乱が起きても勝てねば意味がない」

と言った。

「さようですね」

若売は答えながら、上皇の心の中にはもはや並々ならぬ決意ができていると思った。


吉備真備は、地方豪族、下道国勝《しもつみちのくにかつ》の子として生まれたが、遣唐留学生となり養老元(七一七)年に阿倍仲麻呂とともに入唐した。唐から経書と史書のほか、天文学・音楽・兵学などの学問知識と諸書や楽器、武器などを大量に持ち帰ったことにより、大学寮の大学助つまり官僚養成大学の副学長に抜擢される。大学で真備は、四百人いたという官僚候補生たちに自ら講義をおこなった。真備は天平十三（七四一）年、皇太子である阿倍内親王の教育係として東宮学士に任じられる。さらに天平十五年に真備は皇太子の家政機関である春宮大夫の任についている。


「ところで、石上はそなたの姻戚であったな」

「姻戚と言えますかどうか」

苦笑しながら若売は答えた。

「石上は今は何位だ。四位か」

「確か正五位のはずでございます。昨年遣唐使の副使に任ぜられましたが……」

「あっ、そうか……それはまずい。それに低すぎる」

「なにが低いのでございますか」

「そう、道鏡禅師が動きやすいよう位官を授けようと思うが、禅師は物部の一党であるからして、物部の氏の長者が五位ではいかにも格好がとれぬ。それに唐にも行かせられぬ」

「そういうことでございますか」

若売は頷きながら、豊年を入唐させる次案を探った。

天平宝字六（七六二）年三月、宅嗣は遣唐副使を免ぜられた。後任は宿奈麻呂の弟、藤原田麻《たま》

呂《ろ》であった、

「俺の予想があたったな」

宿奈麻呂は上機嫌である。

「人の不幸を喜ぶなんて」

蒼井は憤慨した。

「不幸というわけがないだろう。宅嗣の出世の道が開けたのだ」

「遣唐使を解任されると、どうしてご出世につながるのですか」

「それは説明するのはなかなか難しい」

宿奈麻呂はにやにやしている。

「宮中では女官たちが、天皇様のところと上皇様のところを右往左往しているそうです」

「それはそうだろう。上皇はもう天皇の顔も見たくないそうだ」

「ということはどういうことになるのですか」

蒼井は好奇心が強い。

「たぶんそろそろ淳仁を廃位させるのではないかな」

「廃位って、どなたを天皇になさるのですか」

「道鏡という噂があるがな」

「道鏡様が跡目を継がれてもその先がないではありませんか」

「そうだ。坊主が跡継ぎでは後が続かない。俺の予感だがな。上皇に跡目の決心がついたから宅嗣の唐行きがなくなったんだと思う」

「まさか、若売様からはそんな話は聞いておりませんよ」

「まあな、まだ上皇は次の一手を思案しているのだと思う」


若売は賀陽豊年を宅嗣の後任となった藤原田麻呂の従者として留学させようとしたが、宅嗣はそれに珍しく反対した。理由は唐の国力が落ちており勉学するのに必ずしも良い環境ではないこと。また、しばらく共に暮らすなかで、宅嗣が思う学問の道を豊年に成就してもらいたいことを若売に話した。
・それは鑑真和上が思託を通じて宅嗣に託した、遺言ともいうべき言葉によるものでもあった。
「自分たちは藤原清河様の代わりにやってきたようなものだ。清河様は唐の秘書監という地位に立ち、唐の秘書を総覧する立場にある。秘書とは唐帝国の国立図書館のような施設で官僚に公開され代々の秘書監は文書をもとに皇帝の政務を補佐する立場にあった。日本に帰る船で、はからずも、彼の船は流され我が船は漂着した。もしも清河様が無事帰ってこられたのであれば、日本国は唐帝国に倣った文書・記録による施政を進めることができたに違いない。文治政治ともいうべきこの仕事を、石上殿には始めていただきたい」

若売には納得できなかったが、豊年の入唐はあきらめざるをえない事件が起きた。藤原田麻呂も行けなくなったのである。

遣唐使船は、諸国から用材を供出させて、安藝の国で建造される。最高の技能者を全国から総動員し、造宮省・木工寮の大工たちを安藝の国に派遣して造船をおこなう。

天平宝字六(七六二)年四月二十四日、安藝国より難波江口に回航した遣唐船の一隻は船尾が破裂して航行不能となってしまった。遣唐使の人数は削減されることとなり、その目的も遣唐使ではなく唐からの使者である沈惟岳を送ることに変わった。送唐客大使として中臣鷹主《なかとみのたかぬし》、副使としては高麗広山《こまのひろやま》が任命される。しかしこの送唐客大使もまた唐に出発することはできなかった。

仲麻呂が、北の宮をつくると言ってとりかかった保良宮は、天平宝字六(七六二)年三月二十五日、完成する。しかし諸殿が完成するや諸国の飢饉と災害が報告され、縁起の悪い都と化した。三河・能登・讃岐など九カ国の干害が報告され、四月には河内の狭山池が決壊する。遠江国、尾張国、京師畿内、伊勢、越前の飢饉。五月には飛騨・信濃で大地震。さらに飢饉が石見国、備前国へと広がった。

保良宮は悪夢を呼び込んだ都にみえた。

そのとき、孝謙上皇が動いた。

五月、上皇は保良宮を出て平城京に戻る。平城京の内裏に戻るのではなく、光明皇太后が住まいとしていた法華寺に入ったのである。

法華寺はもともとは藤原不比等の住まい。光明皇太后はここで聖武天皇の勝満に対して万福と法名を名乗った。それに倣《なら》い、孝謙上皇は出家して法基と号し出家してしまったのである。

さらに僧侶であるから、僧侶の補佐役がいるといって道鏡を蔵人に任じた。

孝謙上皇の動きによって淳仁天皇ですら、まして太政大臣も上皇に簡単に会うことができなくなる。宮人たちは容易に近づけない。近づけないところから孝謙上皇は近臣を通じて勅を発する。仲麻呂たちには実に困った事態となった。


次の孝謙上皇の一手は、淳仁天皇を地獄に落とすような仕打ちであった。

それは、群臣が集まる朝堂で、淳仁に次の宣命を自らが読み上げることを強要したのである。

天平宝字六（七六二）年六月三日、淳仁は大極殿院の南門に立ち、招集された五位以上の宮人に向かって震える声で、上皇から突きつけられた宣命を読まざるをえなかった。

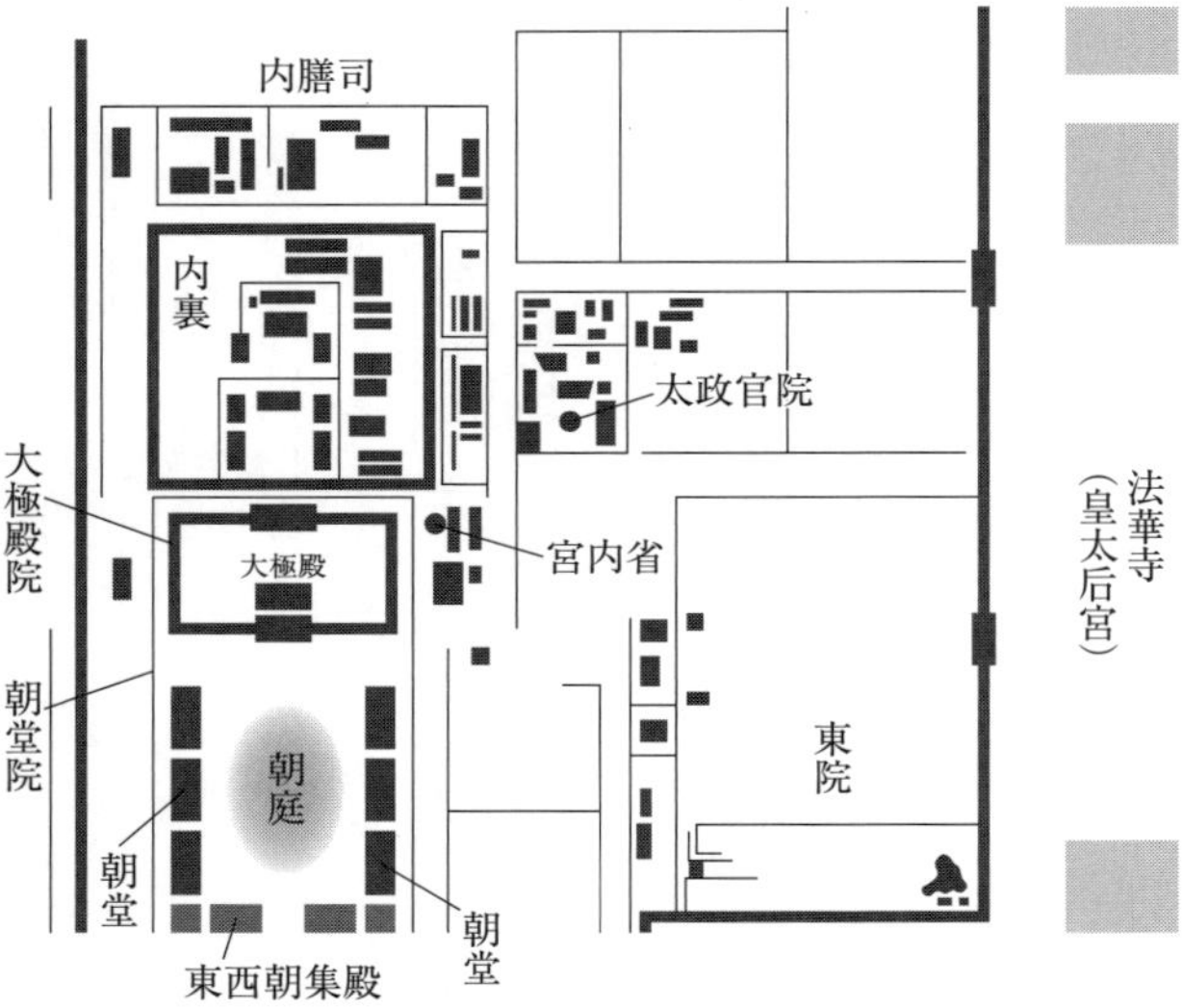

平城宮概略図

「朕の母である光明皇太后がかつてこう仰せになられた。『岡宮で天下を統治した草壁天皇のお血筋は、このままでは絶えてしまいます。女子ではあるが、そなたに皇統を継がせることにしました』と。

朕はそれを受けて即位し政治をおこなってきた。かくして朕は今の帝を即位させてきたが、帝は朕に従うことはなく、身分の卑しい者がその仇に向かって話すよう言うべからざることを口にしてはならぬことを言った。およそ無礼なことを言われる朕ではないはずである。別の宮殿に住んでいたならば、このようなことを言われずに済んだと思えば、口惜しい限りである。また、朕が拙いゆえにこのように言われるのかと思うと、恥ずかしくて消え入りたい。しかし、このたびのことは朕が出家する良き縁なのかもしれぬ。それゆえ、朕はこうして仏弟子となった。

ただし皆の者よく聞くがよい。天皇の政治のうち、恒例の祭祀などの小事は帝がおこなうがよかろう。国家大事の決定と賞罰は今後朕が行うものとする」

官人たちのなかに動揺が走る。

「あとは誰が次の天皇になるかだ」

群臣の一人がポツリと小声で漏らしたが、誰も彼を咎める者はいなかった。

上皇がまずはじめに取り組んだ国家大事は朝鮮半島、対新羅問題である。仲麻呂は対新羅征伐に暴走していた。唐がその勢力を盛り返す前に、渤海と組んで新羅を滅ぼそうという意図である。しかし上皇には新羅を攻め朝鮮半島に領土を回復したとしてどれほどの利得があるかが理解できなかった。

天平宝字六（七六二）年十月、渤海に派遣した伊吉益麻呂《いきのますまろ》が、渤海使王新福以下二十三人を伴って戻ってくる。遣使高麗大山は能登まで帰り着いたところで没した。

王新福らが平城京に入ると天皇は大極殿に出て朝賀を受け、庭において唐楽を演奏させた。さらに吐羅（済州島）・林邑（南部ベトナム）・東国・隼人など国際色豊かな楽を奏じて日本国の文化の高いことを示し、官人と客人がともに踊る一方、また弓の射比べをおこなった。

上皇は表向きの行事とは別に、伊吉益麻呂を法華寺に召して渤海の真意を聞こうとする。

「そなたの父の古麻呂のことについては、石上乙麻呂から聞いたことがある」

「私のような下々のことまでご記憶いただき、恐悦至極にございます」

伊吉益麻呂は、上皇が父のことを知っていたのに真に驚く。

「古麻呂は唐語を話せたそうじゃ。そなたも話せるのか」

「多少は話せますが渤海の言葉は解せませぬ」

「そうか。それでは渤海がなにを考えているのか、奥のところまではわからないのだな」

「上皇様はなにをお知りになりたいのでしょうか」

「渤海がまことに我が国と手を組んで新羅に攻め込もうとしているかどうかだ」

「上皇様は新羅を攻めようとなさっているのですか」

「いや、私は止めようとしている」

「ご真意を私のような者にまでお聞かせくださり有り難うございます。渤海に新羅を攻める意思はございません」

益麻呂は神妙にしかしきっぱりと答えた。

「仲麻呂は誑《たぶら》かされているのか」

「そうではないと思います。かつてはそのような意図があったように思います。しかし時節が変わりました」

「時節が変わったというと」

「今年、渤海王は唐帝国より国王の称号を与えられました。あわせて、新羅王と同等の検校太尉の官職を授けられました。このことは新羅征討の意味がなくなったということにございます」

「なるほど。渤海にとっては同格となったゆえ、新羅征討の意味がなくなったのだな」

「さようにございます」

おそらく仲麻呂には渤海使王新福から征新羅同盟中止の申し入れがあったのであろう。しかし仲麻呂はそれを隠している。外に注意を向けることによって、政権への不満から身をかわす意図なのだろう。上皇は直感した。

仲麻呂はこのあとも知らぬ顔をして新羅征討の準備を進め、渤海使の送使を任命した直後には再度香椎廟に奉幣し、新羅征討の軍備を強化した。

さらに翌年の宝字七（七六三）年正月、渤海国使が再び朝貢してきた。この使節により安史の乱が終結したという情報がもたらされた。

安禄山は玄宗の寵妃楊貴妃《ようきひ》に取り入り勢力を伸ばした。北方の辺境地域の節度使（辺境警備将軍）三つを兼任し、その軍事力を背景に七五五年、反乱を起こした。玄宗を首都長安から追放し七五六年、唐を滅ぼし、燕国を僭称《せんしょう》した。しかし翌年、自分の息子によって殺されてしまう。燕国は安慶緒《あんけいしょ》、さらに史思明《ししめい》に引き継がれるが、史思明の子朝義《ちょうぎ》が七六三年に殺されて幕を閉じる。

安史の乱後、唐の勢力は著しく衰微し、周辺地域では盛んに新しい国が生まれているとの報告がなされた。

翌月の二月、今度は新羅使者二百十一人が来日してくる。朝廷は左小弁大原今城《おおはらのいまき》らを太宰府に派遣して、過去の不始末を咎めるが、上皇の命によって金体信らは入京を許された。都では国交断絶前と変わらない友好的な接遇がおこなわれた。孝謙上皇の意志により、対新羅政策は転換されていく。

宝字七（七六三）年の正月、宅嗣は侍従兼文部大輔に任ぜられる。律令では文部省は式部省と定められているが、仲麻呂は唐流に文部省と名称を変えた。大輔は次官、職務は文官たちの人事関係全般を司る。見ようによっては即位式の神楯を立てるのに相応しい職に就いたともいえる。そしてこれが誘い水になったのだろうか、仲麻呂が魔の手を放つ。

宿奈麻呂が謀反の疑いで拘束されたのである。

宿奈麻呂の男気

「なにゆえの尋問ですか」

いったい何事かと宿奈麻呂は食ってかかった。

相手は授刀衛《じゅとうえい》の副官坂上苅田麻呂《さかのうえのかりたまろ》。

（坂上苅田麻呂は少なからず仲麻呂には反感をもっているはずだ。ならば組みやすい）

宿奈麻呂は打算した。

（それにしても連行されたのが苅田麻呂でよかった。長官の藤原北家の御楯《みたて》であったなら、橘奈良麻呂の乱のときのように途中で殴り殺されていたかもしれぬ）と胸をなで下ろしもしていた。

「上意であるので許されたい」

苅田麻呂は武人らしく礼を尽くした。

「そもそも坂上どのは授刀衛のお役目であろう。私はお上に対してよこしまな気持ちをもったことは些かもない」

授刀衛は天皇警備の職務である。なにの容疑か探りを入れる。

「お役目であるゆえ、許されたい。実は訴えがあり申した」

「訴え……。わしがなにをしたと申すのか」

「徒党を組んで謀反を企てていると」

「あはは、わしにそのような兵力がおありと見られるか」

宿奈麻呂は頭の回転が速い。兵力があるのかと問われて苅田麻呂は詰まった。現在の宿奈麻呂にはせいぜい七、八人の手勢しかいない。

「訴えた者は、宿奈麻呂殿らが集まってご謀反の謀議を図ったと申しておる」

「今のこの都で多数の兵を動かせる者などおるのかな。わしは誰と謀議したことになっているのだ」

「お調べの段階で申すことはできぬ」

「それは困った。何者かは知らぬがわしのことを中傷したのであろう。中傷される覚えはないが、相手がわかればなにゆえ中傷されたか薄々は察しがつく。もし、中傷する意図でなくして訴え出たのであればなにかの誤解に基づくものであろう。集まった方々の名前でもわかればどうしてその誤解が生じたか推測はつくと思うのだが」

宿奈麻呂の弁は論旨明快である。

「なにか心当たりがおありか」

相手の不意を突いた苅田麻呂もさすがにただ者ではない。苅田麻呂は、征夷大将軍として有名な坂上田村麻呂《たむらまろ》の父である。

宿奈麻呂はギョッとしたが言葉を呑み込んで、

「わしは放言が多いからな。いろいろなところで誤解の種を蒔いておる」

ととぼけた。

「石上宅嗣殿、佐伯今宅人殿《さえきのいまえみし》、大伴家持殿と共謀したと訴えておるのだが」

宿奈麻呂はその三人と同時に集まったのがいつであったか、必死で思い出そうとした。そしてなにを言ったのかを。

「その三人とは格別に懇意にしておるが。気の合った者が集まれば謀反の謀議であるとはちと乱暴ではあるまいか」

宿奈麻呂は巧みに話を逸らした。思い出すまでの時間稼ぎである。

「人が集まれば罪になるなどとは申しておりませぬ。集まった席で押勝様を殺《いさ》めようと企てているという訴えが出たので、その詮議をしているのです」

「それでいつのことなのだ。その謀議とやらは」

「昨年の十一月十六日だと申しております」

「随分と前のことだな。うーん」

宿奈麻呂は目をつぶり思い出す振りをして戦略を立てた。

宅嗣は拷問を受けたからといって虚偽の自白をするような男ではない。

佐伯今宅人もそうだ。

しかし家持は危ない。

なにせ奈良麻呂の乱のとき、頼りにされながら裏切った男だ。なんであんな男と付き合ってきたのだろうか。後悔しても仕方がない。

事実無根で突っ張ってしまうと、三人の取り調べもきつくなるだろう。きつい拷問にでもあえば、あの歌詠みがつまらぬことを言い出すのは目に見えている。

（仕方がない。俺が全部ひっかぶるか。どうせ仲麻呂の天下はあと数年。どう転んでも俺が死罪ということはあるまい。流罪がいいところだ。まあ、昔に戻ったと思えば楽な話だ）

宿奈麻呂は覚悟を決めた。

死罪にはならない、と宿奈麻呂が踏んだのには理由がある。律令法では死罪執行の大権は天皇のみに帰属していた。たとえ、刑部省などで死罪が適当としても、天皇に覆奏《ふくそう》（三覆奏）をおこなって天皇から許しを得た場合にのみ死罪が執行される。奈良麻呂の乱のときは取調中に死亡したことになっている。

先の詔によって、天皇はこの権限を失い上皇の権限とされることが宣せられた。仲麻呂としてはあまり表沙汰にしたくない事実である。したがってこの手続きはおこなわれることはない、と宿奈麻呂は踏んだ。


「昨年の十一月といえば佐伯家で寒月を眺める宴をおこなったときのことであろうか」

「なにの名目の集まりかは存じませぬ」

「確かそのときには雄田麻呂もいたと思ったが……。あのときは上手い酒で飲み過ぎた。俺も日ごろの鬱憤晴らしできわどいことを酔いにまかせて喋ってしまったかもしれぬ」

「どのようなことを申されたのか」

「それは皆が思っていることを話したまでよ。仲麻呂は……」

「押勝様でおはす」

苅田麻名は釘をさした。

「その押勝様とやらが、慣例を破って自分の子二人を参議に加え、自分の屋敷の東西に高楼を造り、内裏を見下ろすような南門を城楼のように造る。これは臣下のすることであろうか」

「それで三人が謀議をしたということか」

苅田麻呂の口調が変わった。

「いやそうではない。俺一人が騒ぎ立てたが、ほかの者は俺をなだめたり酒を注いだりで、話は先に進まなかった」

「黙って聞いたのだったら、同調したのではありますまい」

「いや違うな。酔っぱらいの言うことには逆らうこともなく、早く寝かせろといった具合だ。こうして授刀衛殿も事件にしたゆえ、何事もなかったというわけにはいくまいが、実のところは俺が押勝殿に対する怒りを酔いにまかせたのが、この事態になったということだ」

苅田麻呂は少し間をおいた。

「宿奈麻呂殿お一人で罪をかぶろうとなさるのか」

「罪をかぶるのかどうかは知らないが、言ったのは自分一人であってほかの者にはなにも関係ない、ということである」

苅田麻呂は宿奈麻呂のこの態度に少なからず感動した。

親しく言葉を交わすことはなかったが、目の前の宿奈麻呂は普段見ている宿奈麻呂とはまったく違って見える。

(かくも気骨のある人物であったのか)

後年、宿奈麻呂は良継《よしつぐ》と名を変えて今の仲麻呂にも劣らない権勢を発揮する。その第一歩となった仲麻呂討伐の際、苅田麻呂はすぐに宿奈麻呂の手足となるのである。

宿奈麻呂を首謀者とする仲麻呂暗殺計画事件は、宿奈麻呂に大不敬罪が適用され官職を解かれた上、藤原の姓《かばね》も剥奪される、ということで決着した。大不敬罪とは天皇に対しての罪であるが、「天皇の父に等しい仲麻呂への反逆は天皇への不敬」という理由《わけ》のわからない法の適用であった。

のちに宿奈麻呂は、密告者が中務省に属する右大舎人弓削男広であると聞かされた。宿奈麻呂には覚えのない者であったし、宅嗣も知らぬ者だった。奈良麻呂事件と同じように仲麻呂がいくつかの情報をつなぎ合わせて話をつくり、道鏡に縁続きの密告者を金で仕立てたのだと宿奈麻呂は思った。

「このたびは危うく難を逃れられ、よろしゅうございました」

宅嗣の前で若売は胸をなで下ろした。

「押勝様がなにかやるとは思っていたが、いきなり宿奈麻呂殿を捕縛するとまでは考えていなかった」

「押勝様も必死なのでございましょう。奈良麻呂様のときのように、火の手をどんどんあげて意に添わぬ者を一網打尽にするおつもりだったに相違ありませぬ。それが宿奈麻呂様のご機転で救われました。雄田麻呂も一味として名前があがったと聞きます。恐ろしいことです」

珍しく若売は自分の子のことを話した。さすがに母である。

「押勝様のねらいは私だったらしい」

「そうでございましょう。物部はやはり物部。ここにきて神楯のお役目は重大なものになってきました。武器は石上神宮にあると見たのでございましょう。まったくあの頼りない宿奈麻呂殿がと思うと。……見直しました」

「さて、若売様はそんな話をしに来られたのではないでしょう。なにの話なのですか今日は」

「さすがによくおわかりですね」

若売は微笑した。

「上皇様よりご相談がございました。明年の正月恒例の人事がございます。押勝様はこのたび名前があがったお三方については九州に左遷しようとお考えのようです」

「先の詔で人事は上皇様がおこなうと宣言されたゆえ、太師も上皇様に根回しをしたのでありましょう。さて、私はどこに行くのかな」

「太宰府の小弐でございます」

「太宰帥は長男の真先《まさき》だな。自分の息子の管理下に入れるのか」

「真先様はほとんど太宰府の職務をなさっておりません。実際の指揮を執っておられるのは大弐の吉備真備様です」

「ほかの方はどんなところに左遷なのか」

「大伴様は薩摩守と伺っております。佐伯様は、私は聞いておりませぬ」

「それで相談というのは」

「上皇様はお三人のご処分を認めるのがよいのかどうか。もし認めるならば代わりに今後の政務の足しになるような人事が考えられないかという相談です」

「なるほど、上皇様も随分と大人になられましたな」

宅嗣は息を継いだ。

「道鏡禅師の影響が強いと存じます。何事もご自分で考えようとなさっています」

「私が思うに、押勝様とまともに戦えるのは吉備真備殿のほかにはいない」

「どういうことでございましょうか」

「それは宿奈麻呂殿にしても、私にしても、どんなに上皇様のためと言っても人はそれを鵜呑みにはしないということです。しかし真備殿は上皇様の皇太子時代の東宮学士。また、こう言っては語弊があろうが根っからの貴族というのではない。腐れ縁がない。そして、遣唐使として二度も大陸に渡り、権謀術策も心得ておられましょう」

「吉備真備様は石上家の天敵だと思っておりましたが」

「そうです、広嗣殿はそれで身を滅ぼし、父や若売様も悲しい目に遭われた」

「……ではどのようにすればよろしいのでしょうか」

「そうだな。真備殿はもう相当なお年でしょう。古希ぐらいかな。露骨な人事では押勝様も警戒するに違いない。まず、真備殿に役職の引退届を出させてはいかがかな。そしてそれを受理しないでなにか名誉職、例えば造東大寺長官に就く人事で都に呼び戻すというのがよいかもしれませぬ」

宅嗣は思案しながらゆっくりと話をした。若売はその様子を見て驚いた顔をした。

「宅嗣様、お変わりになられましたね」

「なにが」

「お祖父様に似てこられた」

「若売様は祖父にあったことがあるのですか。私は祖父に似ているのですか」

「宅嗣様は父上の乙麻呂様に瓜二つと思っておりましたが、今日の宅嗣様は麻呂様に似ておられます」

「そうですか、私は知らない人だが」

宅嗣は祖父の麻呂が草壁皇子の東宮侍従であったのを思い起こした。その草壁の血脈が絶えようとしている。今の国家の大事が、この草壁から起きているのを思わずにはいられなかった。

「ところで、豊年はどうしております。お役に立っておりますか」

「重宝しています。本当に有り難いことだ」

宅嗣が掛け値なしに喜んでいる様子で、若売は嬉しくなった。

「ここに呼ぼう」

と言って宅嗣は豊年を呼びにやらせた。しかし用人はすぐに戻ってきた。

「豊年様は今、大事なところなのでしばらく待っていただきたいとのことです」

「まあ、いったいあの子はなんという子なのでしょう」

と若売が立ち上がって叱りに行こうとするのを宅嗣が笑いながら、

「学問をする子はそのくらいでなければ」

と押しとどめた。

「豊年殿がこの邸に来られて私の夢がひとつ膨らんだように思う」

「まだ十三歳の子どもがですが」

「そう、年齢は私と二十年余り違う。私はゆくゆくはこの邸を寺にしようと思っているのですが……」

「ご出家されるのですか」

「いや私は死ぬまで出家はしないでしょう」

「ならば、なにゆえお寺にしようと思うのですか」

「寺院には誰でもが入ってこられる。私邸であればそれは無理だ」

「どうも合点がいきませぬ。誰でも入ってよい寺院にして、なにをされようと思うのですか」

「私は図書館をつくりたいのだ」

「耳慣れませぬ。図書館とやらは」

「思託殿の話では、唐の国には誰でもが書物に触れ自由に勉学できる図書館があるそうです」

話しているところに豊年が入ってきた。

「おば様ごきげんよう」

「立ったままなんですか。お座りなさい」

「はい、失礼しました」

豊年が座ると、

「どうですか。石上様での生活は」

「毎日を楽しく過ごしております」

「そうですか、それは安心しました。なにが楽しいですか」

「ここのお屋敷にはたくさんの書物があります。そして吉備のことについて書かれた書物がたくさんあります」

「そうなんですか、宅嗣様」

と不思議そうに若売は宅嗣の顔を見る。

「豊年が話したのは旧事紀のことであろう。確かに旧事紀には吉備のことが書かれている」

「旧事紀でございますか」

「そう古事記や日本書紀ができた前に書かれた書物です」

「そんな書物があるのですか」

「たぶん物部だけではなく、大伴や忌部も独自の史書を持っているのだと思いますが。古事記や日本書紀は皇家や中臣家の書物を元にしてつくったのでしょう。物部の書物には、天皇即位のときに物部が神楯をする理由《わけ》が書かれています」

「宅嗣様がこのお屋敷を寺にしようとお考えになるのは、そのこととご関係があるのでしょうか」

と若売が聞いたとき、蒼井が入ってきた。宅嗣は若売に目配せをして、この話は中断された。邸を寺にすることはまだ蒼井に話していない。


若売から九州に飛ばされる話を聞いた宅嗣は、その数日後、唐招提寺に思託を訪ねた。

鑑真は日本で過ごした約十年間のうち、前半五年間は東大寺に住し、天平宝字三（七五九）年以降は唐招提寺に居住していた。


「和上が亡くなれても招提《しょうたい》は盛んでございますね」

宅嗣の言葉に思託は一瞬、驚いた顔を見せて、

「宅嗣殿は悉曇《しったん》語も学ばれていらっしゃるのですか」

と聞いた。

招提とは、「空間」の意味をあらわす悉曇（サンスクリット）語である。唐招提寺は唐の世界

を再現した寺ということになる。

「いや……、治部省におりましたときに、唐招提寺の意味を玄蕃頭から聞いたことがありまして」

「なるほど、しかしこのお寺の名前の意味を知っておられる方は少ないですね」

と言った思託は言葉を切り、話をもとに戻す。

「お陰様で押勝様やお留守中の清河家様から多額のご寄付を頂き、伽藍もだいぶ整いました」

仲麻呂は食堂《じきどう》を寄進し、藤原清河家は羂索《けんさく》観音堂を施入した。清河が留守にしている邸宅は唐招提寺の北面に隣接している。

「鑑真様の跡を継がれるのは、てっきり思託殿と思っていましたが」

鑑真は下野薬師寺に遣わしていた如宝に住持を継がせた。

「私には別の仕事があると仰せられました」

「それは何でございましょう」

「それはおいおいと。ところで宅嗣様は宿奈麻呂様を訪ねてこられたのではございませぬか」

官職も姓も取り上げられた宿奈麻呂は唐招提寺に寄宿していた。

「元気にしておられますか」

「それはお元気ですが……。ここにお呼びしましょう」

と言って思託が立とうとすると、

「宅嗣が来ているそうだな」

と聞き慣れた声が聞こえた。

「宅嗣、久しぶりだな」

腰を掛ける宿奈麻呂に、

「位も姓も剥奪されても、相変わらずお元気そうで」

「なにを言っているのだ。元気なわけがない。ところで飛ばされるそうだな九州に」

と大きな声で宿奈麻呂が言う。

「それは、まだ決まったことではないのではありませぬか」

「まあ、それはそうだが。……毎日やることがないので、仲麻呂をどうしたらとっちめられるかを考えている」

「そんなことを言っていると今度は命までも取られますよ」

「ここは大丈夫だ。寺であるからな。寺は浮き世とは違うところ。ただ夢を見るところだ」

「宿奈麻呂様は相変わらずですね」

「ところで難問がある。上皇が淳仁を追放するのはわかっている。しかし跡継ぎがおらん。まともならば塩焼王だろうが、あいつは聖武上皇に嫌われた。どうも跡継ぎ候補がみつからん。

宅嗣は誰を推薦する」

「確かにおりませぬ」

「上皇が次を決めれば直ちに動きがあるはずだが。さて、それが決まらなければ八方ふさがりだな」

「そんなことはお考えにならないで、ゆっくり仏道修行をなさったらいかがですか」

「俺もはじめはそう考えて思託殿のご厄介になったのだが、仏道修行を真剣に考えるとどうも気が滅入ってしまうのだ。生きている限り俺には、仏道は無理かもしれぬ」

宿奈麻呂は苦笑顔をつくった。


宅嗣は太宰府への下向に蒼井を同伴することにした。蒼井は「都に残った方がよいのでは」と主張したが、戦乱があると考えた宅嗣は、理由は敢えて伏せたまま同伴するよう指示した。

転居の手はずを整えるべく忙しくしていたとき、帰京した吉備真備から「お会いしたい」と使いがあった。

「病気という理由で帰京したので、申し訳ないが貴宅には伺うことができない。ご来邸賜りたい」

とのことだった。仲麻呂への警戒を解いていないようだ。

宅嗣が吉備邸を訪問すると、頭髪は真っ白だが顔の色艶もよい真備が現れる。

「ご足労いただき恐縮です」

丁重な挨拶である。

「永い太宰府でのお勤め、ご苦労のことと存じまする」

「このたびのこと、石上様のお考えと……」

「いや、上皇様のご尊慮にございます」

「いずれにしてもご期待に添うよう老骨にむち打つ覚悟です」

当代随一の学才の持ち主といわれる真備は、武人の側面を見せた。

「石上様にお願いがあり、ご足労をいただきました」

「はて」

「私の予想では新羅はこれからも幾度となく使節を送ってまいるはず。その目的は我が国が新羅を攻める時期を推し量るのが目的です」

「いかにも」

「ご存じのとおり安史の乱によって唐は乱れ、再び往年の勢いを取り戻すことはありますまい。渤海あるいは新羅を今までは臣下とみなして「国」と認めなかったものを、今では「国王」と呼んでおりまする。したがって渤海や新羅は、唐に対する備えを考えなくてもよくなり申した。

今や新羅は我が国と戦になれば全線で戦える条件が整ったということです」

「ご老師の申されること、一々ごもっともです」

「されば彼の国と平和裡に事を進めればよいというものだが、それを邪魔する者がおる」

「それはどこの国ですか」

「いや、国ではなく、海賊です。困ったことに彼奴らは、あるときは新羅を名乗り、あるときは我が国を名乗る。お互いを挑発して漁夫の利を得ようとしている。宅嗣様にはくれぐれも海賊のことを頭に入れて太宰府をお守りいただきたいと老婆心からのお願いでございます」

「よくわかり申しました。肝に命じまする」

「宅嗣様においでいただいた理由《わけ》はもうひとつございまする。こちらの方が重要です。上皇様のご意思と存じますが、仮に押勝様を排斥するとなれば淳仁様を廃してどなたかを帝にお立て申さねばなりますまい。しかし皇太子の候補も思いつかず、その先どのような手立てがあるのか恥ずかしながらこの老いぼれには見当がつき申さぬ」

「それが押勝様のつけあがるもとでございましょう。淳仁を廃帝にしてその後どうすることもできないと」

宿奈麻呂にしても真備にしても、行き着くところは同じであった。仲麻呂を排除した、その先が見えないのである。

「宅嗣様には妙案がございますか」

なにも妙案はないと真備は自嘲気味に問うた。

「重祚されればよろしいので」

間髪を入れず宅嗣が応えると、真備はギョッとした。

「上皇様が再び天皇の位にお就きになるということですか」

「さよう」

真備は空を見上げて大きく息を吸い込んだ。過去には皇極天皇が再び斉明天皇になった例がある。しかしこれは皇太子の中大兄皇子が時間稼ぎのため母を重祚させたのであって、政治の実権は皇太子がもっていた。斉明はそのとき、なんの権力ももっていなかった。

宅嗣の言う重祚は、斉明天皇のときとはまったく意味の異なる重祚である。

仲麻呂謀反

上皇からの「急ぎ参上せよ」との報を受けて、吉備真備は上皇の住む法華寺に参内した。法華寺は天皇の住む中宮院ではなかったが、今や重要事項は上皇が決済しているので、この尼寺が事実上の御所の中心であった。

「押勝からこのような願い書が出ているのだが、真備はどう思うか」

願書は「都督四畿内三関近江丹波播磨等国兵事使」に任命してほしいというものだった。鈴鹿、不破、愛発《あらち》の関所の内側、つまり畿内軍団のすべてを統率する職を要望している。

「また随分と大げさな名乗りでございますな」

「いかが思う」

「押勝様は徐々に不利な状況に追いこまれるのを、武力で権力の回復を図ろうというのでしょう」

「許可をして問題はないか」

「壬申の乱のときの作戦を描いているのかもしれませぬ。しかしこれでまた墓穴を掘りました」

「墓穴を掘るとは」

「それがしは、都での戦闘はできるだけ避けたいと思っておりました。その算段がなかなか浮かびませんでしたがこれで策は立ちます。この兵事使を任命することによって、もし戦乱が起これば、押勝殿はすぐに都を離れ近江に向かって体制を整えるという策に出ると思われます。これはお味方にとってまことに好都合と思われます」

吉備真備は百戦錬磨の将軍の顔になった。

「押勝がこのようなことを言ってくるのは、朕の足元を見ているに違いない」

「と申されますと」

「どうせ淳仁に代わるものはおらんと言っているのだ」

「さようでございますな」

と言いながら真備は笑った。

「笑うな、真備。不愉快じゃ」

「次の天皇様はいらっしゃるではありませぬか」

「なにを言う。そのようなものはどこにもおらぬ。血迷うたか」

「重祚なさいませ。そののちゆっくり考えなさればそれでよろしいのです」

上皇は茫然としている。

「石上様がそれがよいと申されました」

「宅嗣がか……神楯……がか」

正一位太政大臣の藤原恵美押勝が「都督四畿内三関近江丹波播磨等国兵事使」に任命されたのは天平宝字八（七六四）年九月二日であった。

九月十一日、孝謙太上天皇は山村王《やまむら》を勅使として中宮院に差し向け、淳仁天皇に駅鈴と内印（天皇印）を渡すよう迫る。駅鈴は王命を伝達する官吏が正当であることを示すしるしで、内印とともに天皇の国事に必須のものである。

近侍していた押勝の息子である訓儒麻呂《くすまろ》はそれを阻止しようと防戦した。

訓儒麻呂の動きを予期していた真備は、授刀少尉の坂上苅田麻呂に命じて訓儒麻呂を射殺する。

押勝側の中衛将監矢田部老《やたべのおゆ》は駅鈴と内印を奪い返そうとする。しかし授刀衛の紀船守《きのふなもり》が矢田部老を射殺し、駅鈴と内印を持参して上皇に手渡した。

駅鈴と天皇印を手にした孝謙太上天皇は直ちに勅を発する。

「藤原恵美押勝とその子どもらは兵を起こして朕に刃向かった。よって、その官位を解き、藤原の姓を称するのを禁ずる。その官職による財産もすべて取り上げる」

勅を発する上皇のそばには、吉備真備の姿があった。それは押勝を確実に追い詰める将軍の姿であった。

この日のうちに上皇は、藤原永手、吉備真備、藤原縄麻呂《ただまろ》、大津大浦《おおつのおおうら》、牡鹿嶋足《おしかのしまたり》、坂上苅田麻呂、粟田道麻呂《あわたのみちまろ》、中臣伊勢老人《なかとみのいせのおきな》、弓削浄人《ゆげのきよひと》、高丘比良麻呂《たかおかのひらまろ》、日下部子麻呂《くさかべのこまろ》、紀船守、民総《たみのふさ》麻呂《まろ》らの位階を上げて戦闘体制を整え、真備は使者を差し向け三関を封鎖した。そして正倉院から武器や武具の搬出を命じた。

一方、押勝とその家族はこの日の夜半、平城京を脱して近江国に向かう。

押勝はここを拠点にして越前国司の息子の辛加知《しかち》、それに美濃国司である息子執棹《とりさお》らと連合して攻勢に転じようと企てた。真備の読みどおりである。

押勝一行は近江国府の勢多へ向かったが、多くの婦女子を抱えていたため起伏が多い田原道を採ることができない。宇治から北に入って東の逢坂山を越えて近江に入ろうとする。

上皇は十二日の早朝、佐伯伊多智《さえきいたち》を近江勢多に向かわせる。足手まといがないこの先鋭部隊は当然、田原道を通ることができる。

佐伯を送り出した日の早朝、上皇は群臣の前で押勝追討の詔を発した。追討将軍には藤原宿奈麻呂の弟の藤原蔵下麻呂《くらじまろ》を任命し、宿奈麻呂を従四位下に復して副将軍とした。実質的にこの追討軍は宿奈麻呂の軍となった。

近江の国に先回りして着いた佐伯伊多智ら率いる部隊は、勢多に到着すると直ちに勢多橋を焼き払って、押勝が近江国府に入る術を失わせた。勢多橋が通れなくなった押勝は近江国府に入ることをあきらめ、琵琶湖の西岸を北上して息子の辛加知が支配する越前国府をめざした。佐伯伊多智は押勝が西に向かったのを見届けると、佐伯三野と大野真木に陸路で押勝を追撃させ、自らは船で北上して辛加知を誅殺するため越前国府をめざした。

越前に行く途中、押勝があてにしたのは近江国高嶋郡の角家足《つののいえたり》であった。押勝は拝領した高嶋郡の鉄山を在地の豪族である家足に管理を任せていた。

押勝が宿営したこの夜、天変が起こった。泊まった館に甕ほどの隕石が落下したのである。一行の誰でもが、押勝でさえ不吉に感ぜずにいられない。

明くる朝、押勝は無茶苦茶なことを言い出す。廃された淳仁天皇に代わる新しい天皇に塩焼王を天皇と僭称する。押勝の息子たちを「三品」と称して親王身分に擬し、自分たちが正統な国体であると宣した。

しかし、戦局は連戦連敗。西近江街道を北上して愛発関の突破を試みたが物部広成《ひろなり》が封鎖。船で対岸に渡ろうとするが沈没しそうになって押し戻される。再び愛発関に向かうがここで辛加知が誅されていることを知る。

かくなるうえは平城京まで攻め戻り上皇に一矢報いようと考え、軍を反転して湖畔を一挙に南下した。押勝を追撃して来た佐伯三野、大野真木らは琵琶湖と三尾山に挟まれた隘路で待ち構えた。

最後の戦いは九月十七日の午の刻から申の刻（午前十一時から午後五時）。死に物狂いの押勝軍に追討軍も終始押され、押勝が勝利を確信したそのとき、追討軍ににわかに勢いが生まれる。遅れて編成された宿奈麻呂が率いる追討正規軍が到着したのである。

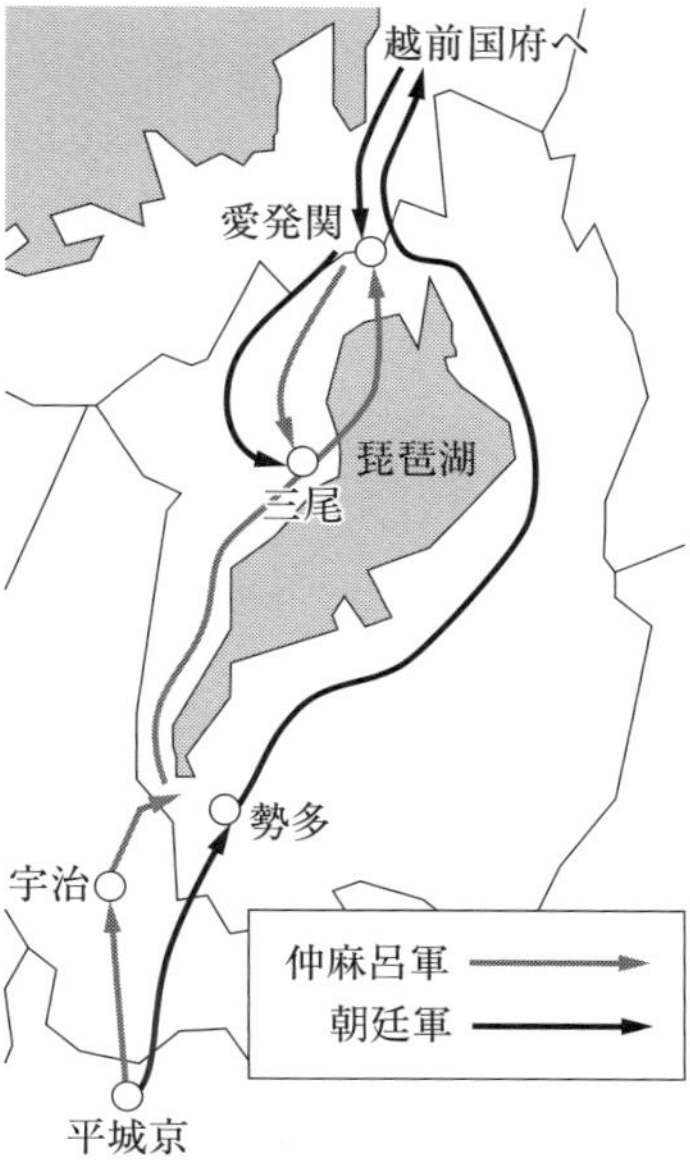

仲麻呂軍の進路と朝廷軍の進路

「さがるな！　さがるな！　頑張れ！」

押勝の悲壮な叫びが木霊する。しかし圧倒的な兵力の前に破れ、むなしく北に向かって敗走する。道が狭く引き返すことができない兵士たちは、高嶋の乙女ヶ池の南洲に逃げ込んだ。押勝は合流するためにその南洲に向かって船を漕ぎ出す。

明くる九月十八日の総攻撃により、恵美押勝も、その軍も、その一族も、「今の帝」と立てられた塩焼王も、この世から消えた。押勝の首は、即刻早馬で平城京に運ばれる。

命を助けられたのは塩焼王の子志計志麻呂《しけしまろ》、押勝の第六子で僧侶の薩雄《ひろお》の二人だけであった。


十月七日、論功行賞により宅嗣は正五位下常陸守に。宿奈麻呂は正四位上、真先の後任として大宰帥に叙せられた。

十月九日、上皇は重祚して称徳天皇となる。称徳天皇は兵部卿である淳仁の甥和気《わけ》王に命じて中宮院を包囲させ、淳仁とその母や妻、従者らを図書寮の庭まで引きずり出させた。

待っていた山村王は、淳仁がその場に着くと上皇の詔を朗々と読み上げた。

「口に出すのも畏れ多いことだが先帝陛下（聖武天皇）が、かつて朕にこう仰せになられた。

『天下は朕の子であるそなたに授けることにする。天皇であった者を臣下とするのも、臣下を天皇と呼ぶのも、すべてはそなたの意のままにしてよい。たとえ、そなたの後を継いで天皇になった者でも、即位後にそなたに対して無礼であったり、命令に従わない者を天皇の位に留める必要はない。君臣の道理に従って、そなたに忠誠を尽くす者だけが天皇になれる』と。朕はこのお言葉を胸に、数年間見てきたが、天皇の地位にふさわしい器量がない。そればかりか、あの仲末呂（称徳天皇がつけた蔑称）と共謀して朕を廃位しようと企てた。断じて許しがたい。よって、天皇の位から降ろして親王の位に戻し、淡路国の公として都から放逐する、と仰せになった。太上天皇のお言葉をよくよく承るべし」

淳仁天皇は鞍を置いた馬に乗せられ、藤原蔵下麻呂によって淡路国の配所まで護送される。道みち好奇の目にさらされながら淳仁は悔しさを噛みしめた。そして淳仁の二人の兄たち、船王は隠岐国へ、池田王は土佐国に配流された。

淳仁が廃帝された翌年（七六五）正月七日、称徳天皇は詔を発して年号をあらためた。

「賊臣仲麻呂の乱は、神霊の国を護る心と風雨のごとき精鋭軍によって十日にみたずしてことごとく平定された」

と宣し、新たな出発のため年号を天平神護とすると定めた。

重祚

宅嗣が書蔵にこもって調べものをしているところに、賀陽豊年が入ってきた。

「宅嗣様、なにを調べていらっしゃるのですか」

「真備殿が、天皇様が重祚なさったときに神楯をなさらなかったが、それでよいのかとお尋ねなのじゃ」

宅嗣は豊年の顔を見ないでしきりに棚の書物を探している。

「そうですか、それならば宅嗣様はこの書物をお探しなのですね」

と豊年は別の棚から斉明紀と書かれた書物を取り出した。

「おお、そうじゃ。どうして豊年はこの書を知っている」

「私も疑問をもちましたからでございます。上皇様が再び天皇の位に就くということはどういうことなのかと」

「そうか。それで豊年はすでにそれを読んでいたということか」

宅嗣は豊年の鋭さに感心し、この子をどのような仕事に就かせることが相応しいかと思った。

「皇極上皇が重祚なさったときには神楯をなさらなかったようですね。斉明紀にはなにも書かれておりません」

と言って豊年が手渡す。宅嗣は該当の部分を確かめると豊年にその書物を返した。

「お伺いしてもよろしいでしょうか」

「部屋で話そうか」

宅嗣が返すと、

「いえ、このままの方がよろしいかと」

「……」

「天皇の位は天皇のお血筋でない方が継ぐことができるのでしょうか」

「それは私にもわからない。太古の昔にそのようなことがあったかもしれぬ。しかし近世になってはそのようなことはない」

「称徳天皇様の詔では、聖武上皇様はたとえ奴隷でも称徳天皇が相応しいと考えれば天皇にしてよいと言われたそうですね」

「そう、廃帝のときにそう仰せられた」

「でしたら、道鏡禅師様がお継ぎになるのがよいと天皇様がお考えになられれば、道鏡禅師様が天皇になられるのでしょうか」

「理屈としてはそうだが、私はそうはならないと思う」

「それはなぜでしょうか」

「陛下のお考えは今ひとつわからないのだが、この国を治めるのに仏教の教えが必要であるのは確かだ。聖武上皇が東大寺で勝満と名乗って出家した姿で詔を発せられたのも、実際のところはこの国を仏教国にしたいがためであろう。陛下はそのお考えに沿っておられるのだと思うのだが」

「なぜ仏教国にされたいのですか」

「仏教では知識や知恵を大事にする。知識の優れた者が上に立ち、その知恵を皆で共有するということができる。私がゆくゆくはこの邸を寺院にして書蔵を皆に開放したいのはそのためだ」

「でしたら道鏡禅師が天皇になればよろしいのでは」

「そうなるとまた戦が起こるであろう。天武天皇が、天智天皇の定めた大友皇子が天皇にならるのを不服に思われて戦が起こった。そして天武天皇がお勝ちになって即位された。しかしその次の代は、皇后であり天智天皇の皇女の持統天皇。そしてお二人の間に生まれた草壁皇子の系統を皇統と認めている、というのが今の正論だ」

「その草壁皇子の血統が今、途絶えようとしているのです」

「そうだ」

「草壁皇子の系統だけではありません。舎人親王系の王はみな粛正され、新田部親王系で生き残っておられた塩焼王様も仲麻呂様とともに斬殺されました。天武天皇の皇統の男子はすべていなくなってしまいました。宅嗣様は、次の天皇にどなたが就くのが正しいとお考えでしょうか」

宅嗣の答えは、

「私は、称徳天皇様がご崩御されるまでは次の天皇は定まらないと思う」

である。

唖然としている豊年を残して、宅嗣は自分の部屋に引き上げた。

皇太子を誰に立てるのか。貴族たちの一番の関心事はそれであった。

淡路で幽閉されている廃帝された淳仁を再び擁立すべきであるという動きもあり、また上皇の意思をおもんばかって道鏡禅師を立てようという動きもあった。こうしたなか、和気王が謀反の罪に問われる。

和気王は舎人親王の末裔で唯一残っていた皇親であり淳仁天皇の甥にあたる。和気王の罪状は、巫女の紀益女《きのますめ》に祈祷させ、亡き父三原《みはら》王の霊に伯父の船王・池田王が流罪地から都に戻れるように、さらには称徳と道鏡を呪い殺そうとしたというのである。

証拠の文書が和気の舘から発見され、伊豆国への配流の途中で絞殺される。舎人親王系皇統の復活を阻止するための謀略だったとの噂が流れた。

称徳天皇は、貴族たちが徒党を組んで立太子運動するのを牽制して詔を下した。

「天下の政《まつりごと》は天皇の詔による。人びとが功を遂げようとして太子を立ててはならない。そもそも皇太子の位は天地から授けられるものである。それゆえ、朕も天地が明らかにこの人だと指し示す人が出でいるのだろうかと思ってはいるが、今はそのような人はいないと断言する。淡路にいる人を帝に立てようと画策する者もある。しかし、その人は天地の授けた人ではなかった。志は愚かで心が善くない。しかも、あの腹黒い仲麻呂と謀って朝廷をくつがえそうとした。そういう人をまた帝に迎えようとすることなど、あってはならない」

望みを断たれた淳仁は、幽閉された怒りを抑えきれず逃亡を計る。しかし捕らわれ連れ戻されたその翌日、絶命した。

「淳仁も殺されて、天皇は道鏡をますます重んじ、このままでは皇位も譲るのではなかろうか。永手や真備はなにを考えているのか」

　宿奈麻呂は宅嗣の顔を見るなりこういった。

「陛下のお心は私よりも若売様の方がご存じでありましょう」

「若売はほとんど屋敷に顔を見せない。雄田麻呂と会っているとも聞かないし」

「そうなのですか」

　と宅嗣は首を傾げた。

「ところで、宅嗣殿の見通しはどうなのだ。道鏡に帝位を継がせるとどうなるのだ」

「道鏡禅師が帝位を継いだとて、どう変化することもございませんでしょう」

「どうなることもあるさ。現に道鏡の弟の浄人は中納言になっている。弓削一門がどんどん昇進している」

「それも陛下の道鏡を重んじる心があってあればこそ。それがなくなればたちまち瓦解いたします」

「宅嗣には他人ごとなのだな」

宿奈麻呂は少しムッとしたようだった。

「私には道鏡禅師が、今おやりになっていることがすべて悪いとは思えないのです。道鏡禅師が関与しておられる政策は仏教関係が中心で、仏教の理念に基づいて推進しておられるように思います。それは聖武天皇がなさろうとされた仏教国家の延長ですし、それ自体は誤った施策だとは思えません。特に戦乱の世で奴卑に落とされた者を解放するなど、既得の権利をもっている者にはできないことをなさっていらっしゃいます。行き過ぎが起こるのは仕方がないこと。いずれ処断されることになるでしょう」

「そんな悠長なことを言っていると浄人が左大臣になるぞ」

「よい政治をおこなってくれるなら、それもよいではありませぬか。道鏡様も所詮一代限りなのですから」

「一緒に席を並べる者はたまらない。まあ、宅嗣も席を並べてはいるのだったな」

「私は、陛下も禅師もこの上なくこの世を楽しんでおられるように思います」

「逢瀬をか」

宿奈麻呂は露骨な言い方をする。

「いえいえそうではありませぬ。ははは、人の心を楽しんでいるのだと思います」

「どんな楽しみ方だ」

「まず一つは、称徳天皇の跡を継ぐ正統な後継者はいないということをあぶり出していらっしゃる」

「それで道鏡か」

「そうではありませぬ。この陰謀の渦巻くこの治世を変えるためには、今まで正しいとされてきている原理を壊さなければならない。そのために後継者を選ぶ今までの原理を壊そうとされているのだと思います」

「俺には道鏡を天皇にする理屈にしか思えないのだが」

「禅師は陛下の後ろ盾がなければなにもできないことをよくご存じでしょう。陛下が禅師を重宝されればされるほど、禅師に媚びた輩が出てきます。人の悪い話ですがそれもまた、人の心の浅はかさを見て楽しむ余興かと」

「そんなものかな」

宅嗣の言わんとすることが宿奈麻呂にも少しわかってきたようであった。

「禅師の権勢はしばらく続きましょう。世の動きは、いったんひとつの方向に流れはじめると、行きつくところまで行かねば止まりません。今は待つしかありません」

「宅嗣は変わったな。おぬしは学者だと思っていたが俺の見込み違いだった。おぬしは政治家だ。それも俺の知っている人にそっくりだ」

「私が誰に似ているのですか」

「爺さん。藤原不比等。爺さんは決して表に立とうとしなかった。そしてすべてを思うままに扱った」

「なにをおっしゃっているのですか。不比等様と私とでは格が違います」

そう言いながら、若売に麻呂に似ていると言われ、今、宿奈麻呂に不比等に似ていると言われる。自分は何者なのかと宅嗣は思案した。

宿奈麻呂が帰ると、入れ違いに豊年が部屋に入ってくる。

「これが北側の棚に配架していています書物の目録です」

宅嗣は書蔵の目録を豊年に命じていた。

「豊年は四部分類を知っているか」

「経・史・子・集のことでしょうか。四部分類についてはよくわからないことがあります」

「なんだ。言ってみなさい」

宅嗣は教授らしく言った。

「仏教書はどこに分類すればよいのでしょうか。道家といっしょに子部に入れてよろしいのでしょうか」

「いや仏経と道経は四部には入れず付属という枠外に分類するようだ。豊年には唐の四部分類を改変して我が国独自の分類法を考えてほしい。昔、この四部分類の天才がいた。書物を見ればたちどころに分類ができ、分類ができるから事実と事実の関連が見事に知識として整理できた方だった」

「そんな方がいらしたのですか。どなたですかその方は」

「藤原北家の清河様。永手様の弟君だ。遣唐使になられて大陸に渡られ、向こうで皇帝の図書館の監督官である秘書監になられた。それっきり唐の皇帝は清河様を手放さない」

「ああ、わかりました。それで天皇様は清河様をお迎えになる遣唐使に宅嗣様を選ばれたのですね」

「図書館は目録が整理されていなければ意味がない。図書館に入って手当たり次第に書物を手にしても、なにの知識にもならないものだ」

「はい、宅嗣様のご期待に添えるようがんばります」

不破内親王

天平神護元（七六五）年、道鏡は太政大臣禅師となり、その翌年には法王となる。宅嗣は道鏡政権下で順調に昇進し、この年の正月に従四位下となる。入唐して帰らぬ清河の後任となって拝領した常陸守はそのままにされた。

さらに翌二月、天皇の側近として護衛警固を司る中衛府中将となる。ちなみに中衛大将は吉備真備である。

翌、天平神護二（七六六）年の正月には正四位下となって左大弁および参議に列せられた。

左大弁とは八省のうち中務省・式部省・治部省・民部省を監督する職掌である。

そして神護景雲二（七六八）年、従三位に昇る。

「宅嗣様はいかに考えるか聞いてまいれ、との仰せでまかりこしました」

若売が深夜、人目を忍んで宅嗣を訪ねてきた。

「この夜半に物騒な。お指図いただければこちらから参りましたのに」

「いえ、それは。私が行けという仰せでございましたので」

「それでいかに」

「ご謀反にございます」

「もう、ご謀反されるような方はいらっしゃらないかと思いますが」

「不破内親王様でございます」

不破内親王は称徳天皇の異母妹である。母は県犬養広刀自《あがたのいぬかいのひろとじ》で、聖武天皇の唯一の男児ですでに没していた安積親王の同母姉である。

「不破内親王様は心の病ですね。内親王様の奇行は今に始まったことではないのではありませぬか」

「それゆえご相談申し上げているのです」

「このたびの事件とはなにでございますか」

「県犬養姉女《あねめ》が荷担しております」

「奈良麻呂様の亡霊でございますか」

宅嗣はやれやれといった様子で話を聞いた。名前のあがった県犬養姉女は、橘諸兄、光明皇后と藤原四兄弟の母である橘三千代の一族である。

不破内親王は不幸という霊にとりつかれたような人であった。聖武天皇の皇女に生まれながら、同腹の弟であった安積親王は毒殺され、聖武が定めた夫塩焼王は宮中の女官に手を出して流され、帰還した後には乱を起こした奈良麻呂に連座して親王の身分を追われた。最後は仲麻呂とともに、姉称徳天皇の征討軍に討たれ、首をはねられる。

子の氷上《ひかみ》志計志麻呂も、征討軍に捕らえられ危うく命を落とすところを、称徳天皇に一命だけは助けられた。

自分の人生を呪っても呪いきれない、運命の人である。


若売が話す不破内親王の罪状は次のようなものであった。

不破内親王は子の氷上志計志麻呂を皇位につけようと企て、天皇を呪い殺そうとした。県犬養姉女は呪殺の術を使ってそれに荷担し、天皇の髪の毛を盗み出して佐保川に転がっている髑髏《どくろ》に入れて呪いをかけた。

「それは本当のことですか」

宅嗣はあきれて聞いた。

「髑髏の証拠もありますし、県犬養姉女も認めております」

「それで、私になにを相談されに来られたのでしょう」

「本来なれば毒を賜るとか」

「うーん」

と言って宅嗣は思いを巡らせた。確かに不破内親王の行状は死罪に値する。しかしである。仏教の理念に適った施策を進めようとする道鏡政権にとって、頭の痛い問題があった。神仏の諍いである。

この時代すでに神仏習合はある程度すすんではいたが、皇祖を祀っている伊勢神宮は僧尼を近づけようとしなかったし、諸国の神社の重要な神事である新嘗祭でも抵抗は著しかった。

称徳天皇は詔して、

「経典には神々が仏法を守護すると誓う記述がたくさんある。僧尼が神事をおこなうことを忌むべきではない」

とインドのヒンズーの神と日本の神とを同列に並べて宣命しているが、神仏習合は不完全であった。

県犬養は伊勢神宮の後ろ盾をもち、不破内親王の姉井上内親王は元の伊勢斎宮である。

「気性の激しい陛下が流罪で済ませられましょうや」

「宅嗣様はよくわかっていらっしゃる」

「ならば」

「宅嗣様にご相談されるのがよかろうとは、由利《ゆり》様のご意見でもございます」

「由利殿がか……」

宅嗣は思わず唸った。

由利とは吉備由利。吉備真備の娘である。真備が太宰府から戻ったとき、高齢のため常にそば近くにはいられないと言うので、代わりにそばに置いた才媛である。

「ということは、真備殿はなんとか流罪に留めようというお考えか……」

「さようにございます」

しばらくの沈黙が流れた。風が出てきたようだ。竹の葉がゆれて音をたて、幹がぶつかってコンコンと音を立てる。何度か音が重なったところで宅嗣は目を開けた。

「陛下はことのほか言霊を信じておられる」

「まったくそのとおりでございます」

「不破内親王様の呪いをかけた言霊を壊すには、まずいったん遠国に流し、しかるのちでなければ禍を生じさせましょう、と説いてはどうかな」

若売はこの宅嗣の言葉を反芻していたが、やがて顔が穏やかになり息をついだ。

言霊、それこそ称徳天皇の最大の長所であり、最大の短所であったのだ。

不破内親王は不敬の罪により土佐国に流される。台所の下女といった意味の厨《くりやの》真《ま》人《ひと》厨女《くりやめ》と名をあらためさせられ、子の氷上志計志麻呂ともども土佐国に流された。

神護景雲三（七六九）年、大宰主神《だざいのかんづかさ》の中臣習宜阿曽麻呂《すげのあそまろ》が「豊前国の宇佐八幡神宮に神託があった」と報告する。八幡神は応神天皇（誉田別命）の神霊で欽明天皇三十二（五七一）年に宇佐の地に示顕したと伝えられ、伊勢神宮に次ぐ第二の宗廟とされる。伊勢神宮が神仏習合に消極的であったのに対して、宇佐八幡宮は神仏習合に積極的であった。

称徳天皇はその御神託を朝議にて聞くと宣し、翌日、全参議を揃わせた。

議事進行役は左大臣藤原永手である。

「そなたの職と姓名を聞く」

「やつがれは大宰主神・中臣習宜阿曽麻呂にございます」

大宰という言葉が出ると一同は大宰帥弓削浄人の顔を窺った。浄人は道鏡の弟。大納言、従二位である。

「それで御神託の内容はいかなるものであるか」

「恐れながら申し上げます。八幡神様は道鏡法王様が天皇にお就きにならば、必ずや天下は太平になるであろう、との御神託でございます」

宇佐八幡の御神託の内容をおおむね推測していた一同も、さてこれからいかなることになるかと興味をそそられる。しかし、迂闊な発言をしては自分の身が危ない。

しばらく押し殺したような沈黙が続いたあと、神祇官の長官（神祇伯）大中臣清麻呂《おおなかとみのきよまろ》中納言が耐えきれずに口を開く。

「御神託が宇佐神宮に下りましたことは紛れもない事実でありましょうが、それを宮中がなにも確かめない、というのでは後世の誹《そし》りもございましょう。ここはひとつ勅使を遣わされ宇佐神宮にご参詣されてはいかがでございましょう」

「それでは、誰もが納得する勅使を遣わしましょう」

大納言白壁王《しらかべ》が応じた。

「それでは明日の朝議において宇佐勅使を決めてはいかがか。各々方、勅使にふさわしい人物を推薦しあい合議いたそう」

と老齢な右大臣吉備真備がまとめた。称徳天皇もそれでよいと肯《うなず》き、道鏡も笑みを浮かべ勅使選抜は翌朝に持ち越された。

宅嗣が朝議の場を出ると宿奈麻呂の顔が見えた。弟の雄田麻呂も一緒である。若売の子である雄田麻呂は後に百川と名乗って太政官の中枢に就くが、このときはまだ官位が高くない。宿奈麻呂は式家の当主で従三位であるものの非参議である。朝議には入れない。式家で参議になっているのは従四位上の田麻呂が大宰大弐の役職のため入っているだけである。仲麻呂の征討将軍であった蔵下麻呂もこの時点では従三位非参議である。

宿奈麻呂が、

「朝議の様子はどんなだ」

と問う。宅嗣はそのあらましを語る。大中臣中納言が勅使を遣わすべしと提案し、明朝協議することになったと答える。

「やはりな。宇佐八幡というのはやたら政にちょっかいを出してくる神様だからな。大仏造営のときもそうであったし」

宿奈麻呂は、御神託は偽物だと言わんばかりである。

「神様がちょっかいを出してくるのではなくて、ちょっかいを出してくるのは神官でしょう」

と雄田麻呂が皮肉った。

「いずれにしても世の中の動きに敏感な輩には違いない」

「勅使となるとやはり参議の中から選ぶのかな」

宿奈麻呂が首をかしげる。

「それはないのではないかな」

と宅嗣が答えると、雄田麻呂が、

「今の参議で皇孫から臣下に降されているのは文室大市《ぶんやのおおち》様だけですね。皇祖の御神託をなんの血脈もない者が伺ったとて、応えがないのがあたり前。しかし文室大市様に白羽の矢があたりますかね」

と言う。参議文室大市は長皇子の子、天武天皇の孫になる。

「雄田麻呂殿は文室大市様ではないとお考えなのですね」

「このお役目は大変だと思います。神託があったとすればとりあえず報奨のなにがしかはいただけるでしょうが、それほどの出世になるとも思えないし、政権が変われば死罪になりかねない。もし、神託がなかったとしたら多分どこかに流されるでしょうね。官位も取り上げられる。しかし命をなくすということはないと思いますが」

「お前、やっぱり頭がいいな」

と笑いながら宿奈麻呂は雄田麻呂の肩をたたく。

「雄田麻呂殿、誰がその役に就くかはわかりませぬが、その者が遠国に流されましたら雄田麻呂殿が隠れてでもご援助して差し上げてください」

と暗に含めて宅嗣が話すと、雄田麻呂は宅嗣の目をじっと見て、

「わかり申した」

と告げた。宅嗣の意図が理解できた雄田麻呂は、帰宅した後、若売に宅嗣は恐るべき人だと感想を漏らした。


翌朝の会議、冒頭、称徳天皇が発言した。

「昨晩、朕は不思議な夢を見ました。八幡神の使が現れ『大神が事を授けるので法均《ほうきん》尼をよこしなさい』と言うのです」

「おう、それこそ神の夢。法均尼殿こそ勅使として相応しい。皆の者、法均尼のほかに宇佐勅使にふさわしい者がおろうか」

と道鏡が芝居を打つ。

すべてが仕組まれた朝議ではあった。しかし誰も異議をとなえず、皆、そこそこに引き上げていった。宅嗣は朝議の途中、女性がしかも尼が勅使になったことに不思議な感じがした。官位は高いだろうが尼が神の御託宣を受けようというのである。それでもまずは終わったことだと宅嗣は胸に押し込んだ。宅嗣が朝堂を出ると珍しく吉備真備が近づいてきた。

「宅嗣殿は法均尼殿をご存じか」

「いえ、存じ上げませぬが。大勢の孤児たちの世話をしているという話は聞いたことがございます」

「さよう、それに法均尼殿は近衛将監の和気清麻呂の姉でござる」

真備は娘の由利を天皇近くに伺候させている。天皇の動きをよく知っていた。

「なるほど、おなごの身で九州までの長旅、いかようにするのかと思いましたが、弟にその警備をさせればよろしいのですね」

と宅嗣は合点がいった。


ところが数日後、勅使には法均尼ではなく弟の和気清麻呂に変更になったと報告される。法均尼は重圧に負けて体をこわしたらしい。急遽、弟の清麻呂登板となる。


和気氏は備前国藤野郡（和気郡）を本拠とした豪族で、垂仁《すいにん》天皇の皇子鐸石別命《ぬてしわけのみこと》を祖とする。法均尼の俗名は和気広虫《ひろむし》。地方豪族の子息の例にならって上京、女孺として仕え、十五歳で中宮職に勤める葛木戸主《かつらぎのへぬし》と結婚。

この頃、弟の清麻呂も上京し近衛府の武官となった。

広虫は葛木戸主とともに戦乱で親をなくした子どもたちを集め、今でいう孤児院を開設し、自分の子として育て、成人した者には葛木の姓を与えて世に出した。

やがて葛木戸主と死別した広虫は出家した孝謙上皇に従って、尼となり法名を「法均」とする。天皇の側近として大尼の称号を授与され、官位も従四位下と高い。

一方、清麻呂は天皇近衛隊で忠実に働き、このときには従五位下近衛将監の官位。中衛中将の宅嗣は清廉な印象をもっていた。しかし、

「あの男にこの大役が務まるだろうか」

と雄田麻呂が言ったごとく、この男に払うことのできない不幸が覆い被さるように宅嗣には思えた。

宇佐八幡

「姉上、明朝出立することにいたしました」

「そうか、不足するようなものはないか。といってもそなたが必要とするものが、この家にあろうはずはなかろうが」

「支度は充分でございます。近衛府からは充分なお手当を頂戴いたしましたし、道鏡様からは大陸からもたらされた貴重な人参をおことづけいただきました。疲れたときの強壮剤だそうでございます」

「人参、まさか毒薬ではありますまいな」

「道鏡様が私の命をねらうようなことは、あり得るはずはありません」

(それがあるのです)と言おうとした言葉を法均尼は呑み込んだ。そして、

「すまない」

と一言、法均尼は呟く。


神護景雲三(七六九)年六月末、宇佐八幡の神託を受けるため清麻呂は旅立った。近衛府の同

僚たちは哀れみとも羨望ともいえぬ目で清麻呂を見送る。

宇佐神宮は豊前の国にある。豊前国は現在の福岡県の東半分と大分県の北部、それに宇佐市を合わせた地域である。太宰府は領域としては筑前に入る。

勅使としての役目上、清麻呂は豊前国府に寄って宇佐神宮に向かうのが本筋であるが、気が急いた清麻呂は直接、神宮に参拝する。慌てたのは大宰主神の中臣習宜阿曽麻呂である。国府で待機していた阿曽麻呂は、用意していた御膳をひっくり返して後を追った。

宇佐に着いた清麻呂はまず身を清め、心を鎮めて八幡宮に参拝する。清麻呂を禰宜の「辛嶋勝与曽女《からしまのすぐりよそめ》」が神前に案内。清麻呂は神前にぬかずき、祝詞を捧げ一心に祈って八幡大神の託宣を請い願う。

阿曽麻呂が到着したのは、清麻呂がまさに入神状態、神との交信がなされようとしているときであった。

勅使が神託を受けて前の報告と異なっていたのでは自分の首が危ない。勅使に御神託が下りてしまっては万事休す。阿曽麻呂はあらかじめ用意していた神託を巫女に含んで巫女の口から発せさせた。

「御神託が下りました」

「はは」

朦朧となっていた清麻呂が畏まる。

「道鏡を皇位に就け賜えよ」

「はぁっ、……？？？……それだけにございますか」

「さようにございます」

理由もなにもないのでは困る。清麻呂は食い下がった。

「理由もなにもないのでございますか」

「さようにございます」

巫女は文切り口調で応えるしかない。

「それでは今一度御神託を頂きたくお願いいたします」

このままでは埒があかないと考えた清麻呂は、さらに神前にぬかずき祈り続けて言った。

「大神の教えるところは国家の大事であります。先の御託宣ではその理由がわかりませんので、今一度どうか神意をお示しください」

阿曽麻呂は驚いた。御神託は不完全だから今一度神意を聞かせよと言う。

（御神託はただそれだけで有り難く承るべきものだ）と憤慨したが、巫女に神託の続きを含めることもできず、ただ清麻呂の行状を見ているほかはなかった。

清麻呂の呪文の声はますます大きくなっている。やがてその声が絶叫にもなったとき異変が起きた。

一天かき曇って太陽が姿を消す。激しい雷がなり、山に落ちて轟きが社殿を揺るがし再び現れた太陽が神前を赤く染めた。

突然、清麻呂の目の前に身の丈三丈余（約十メートル）の光輝く神の幻影が現れる。動転して仰ぎ見ることもできない清麻呂に神は語る。

「我が国は、開闢《かいびゃく》以来君臣の分は定まり、臣をもって君とすることなかれ」

「天の日継は必ず帝の氏を継がしめむ。無道の人はよろしく早く掃い除くべし」

清麻呂はこの神託を口に出して復唱した。

傍らにいた阿曽麻呂は神の幻影を見たが、その幻影が清麻呂になにを言ったかは聞こえなかった。しかし、清麻呂の今の復唱で自分の計画が頓挫したことを知った。

「御神託を頂きました」

清麻呂は阿曽麻呂の顔を見ると晴れやかな声で語った。

「それでどのような御神託でございましたでしょうか」

「それは勅使にてのお役目により、まずは陛下にご報告が先でございます」

と言って、清麻呂は神託の内容を明かすことを婉曲に断った。
そしてその日の内に宇佐を出立した。

おさまらないのは阿曽麻呂である。清麻呂が伝える御神託がよもや本物で、自分は虚偽を働いていたとされることはなかろうが、それでも清麻呂が群臣の面前で自分を非難するようなことになれば、自分の地位は安泰ではない。ここは、清麻呂が持ち帰る御神託が虚偽であると先に報告するのがよい、と清麻呂が宇佐に来て御神託を受けるまでのすべてを天変地異までも含めつぶさにまとめ書き上げたうえ、最後の御神託の部分だけ巫女に語らせた内容と同じだったと記述して報告書をつくった。そして、急ぎ早馬にて道鏡の弟である大納言の浄人に送る。

忍基

「宅嗣様、忍基《にんき》様がおみえになられました」

「忍基様、さてどなただったか」

「思託様のご紹介の方でございます」

「そうか忍基と申されるのか、ここにお通しなさい」


忍基は鑑真和上の影像を造った人である。

宅嗣は一条の自分の住まいを寺として開放し、石上に伝わる書物を公開して諸人の勉学の糧にしようと考えている。寺にあるべき本尊の製作を忍基に依頼しようというのである。

「師の思託より、石上様をお伺いせよと言われまして参上いたしました」

「何度か唐招提寺に伺って、そなたがお造りになられた鑑真和上のお像を拝見いたしております。あまりの出来栄えの良さに感心しております」

「かたじけなく存じます」

「それで忍基殿に一つ仏様をお造り願いたいのだが」

「鑑真様のお像は彫ったものではございませぬが、同じ手法でお造りするのでございましょうか」

「それは忍基殿にお任せいたそう」

「わかり申した。ご存じのことと思いますが一応のご説明はさせてくださいませ。鑑真和上様の彫像は木や金でこしらえた像ではございませぬ。麻布を漆で貼り合わせて骨格を作って、両方の手先は木でこしらえ彫り、彩色して整えてお造りいたしました。このような方法でよろしゅうございますか」

「結構です」

「それではどの仏様をお造りすればよろしいのでしょう」

「阿閦《あしゅく》如来をお造り願いたい」

「阿閦如来でございますか。阿閦如来の像はあまり見たことがございません。ご期待に添う仏様が造れるかどうか」

忍基は少し不安げに話した。

「阿閦如来の御像は釈尊が悟りを開かれたときのお姿だと聞いております」

「左手で衣の端を握り右手で触地印《そくち》を結んだお姿ですね。悪魔の誘惑を退け煩悩に屈しない堅固な意思を示すお姿だそうです」

「鑑真和上の御坐像に、この印を合わせた仏様を造っていただくわけには参りませぬか」

宅嗣は本音を言った。

「さあ、どうでしょうか。少しお時間をいただけますか。考えてみます。ところで石上様はなぜ阿閦如来の仏様がご必要なのでしょうか」

宅嗣は、ゆくゆくはこの石上邸を寺にしたいこと、寺の内部に身分の低い者も自由に閲覧できる図書館をつくりたいこと、この図書館については亡き鑑真和上の望みであること、阿閦如来は光明皇太后、称徳天皇が篤く信仰した如来であること、そしてなによりも阿閦如来の生まれ変わりが維摩であり、維摩経は理想の仏法を世俗の中に見いだした哲学であることを話した。

「光明陛下が阿閦如来を信仰したのは有名でございますね。病人の皮膚から膿を光明陛下が口で吸いだされると病人が阿閦如来と化したというお話は、本当のことでございましょうか」

「さあ、それはどうなのだろう」

光明皇后は法華寺で千人の民の汚れを拭う願を立て、その千人目がらい患者で皮膚に膿をもっていたのを、口で吸い出したところ、病人は阿閦如来に姿を変えたという物語は広く庶民に知られていた。

清麻呂が都に戻ってくると称徳天皇の元にはすでに阿曽麻呂が作文した「偽の御神託」が報告されていた。もちろん道鏡の弟、大納言弓削浄人からもたらされた情報によってである。この話は側近である姉の法均尼にも知らされていた。法均尼は、まずは清麻呂が無事に務めを果たしたことを喜んだ。

（道鏡禅師を天皇様の位にせよとの御神託が出たところで、すぐに禅師が位に就くことはない。まずは皇太子におなりになることが必要だし、天皇様になるには数々の儀式が必要になる。そんなことができようはずはない）

これが実務家法均尼の本音である。

そうして清麻呂が帰ってきた。

「お帰りなさい。ご無事にお務めを果たされ、ようございました」

「いろいろとご心配をおかけしましたが無事帰ってまいりました。有り難うございます」

「天皇様はたいへんお喜びで帰宅すればすぐに参内せよ、との仰せです」

「雲上からそのようなお言葉をいただけるのは、苦労のかいがありました」

「道鏡禅師もたいへんお喜びのご様子でした」

「道鏡禅師がお喜びですか。それは妙な話です」

「次の天皇様にとの御神託があったからには、喜ばない御仁はいないでしょう」

「姉上はどうしてそのようなことをおっしゃるのですか」

天皇から聞いた話と弟の話が食い違うのを認めた法均尼は、清麻呂からいきさつの一部始終を確かめて青くなった。

天皇の言葉に従って清麻呂が参内しようものなら、たちまちその場で殺されてしまうであろう。法均尼は思案のあげく半ばあきらめながらも、清麻呂に嘘の神託を言上した方がよいと言った。むろん実直な清麻呂が納得するはずがない。法均尼は覚悟して、清麻呂を参内させることはせず、自ら参内して御神託を奏上した。


「そなた誰に味方してそのようなことを言う」

「私はただただ天皇様のお味方でございます」

「だまれ、そなたの申すことは阿曽麻呂が報告してきたことと寸分違わぬ。異なるのは最後の御神託だけだ」

「ごもっともにございます」

「聞けば清麻呂は、一度御神託のあったものを再び聞き直したというではないか」

「さようにございます」

「ということは、もともと御神託はこのようなものだと予断があったからであろう。一度目も二度目も自分の思うこととは違う結果が出た。だから自分がつくった言葉を大神の御命と偽って申すのであろう」

「弟に限って嘘偽りを申す者ではございませぬ」

「だまれ。さがってよい。二度と顔も見とうない」

称徳天皇は、

「自分で勝手につくった言葉を大神の御神託といつわった」

と清麻呂を批難した詔を宣するが、清麻呂が持って帰った御神託によって道鏡が天皇になる可能性は完膚無きまでに壊されてしまった。

おさまらない天皇は和気清麻呂を別部穢麻呂《わけべのきたなまろ》とののしり大隅国に流し、法均尼も還俗させ別《わけ》部狭虫《べのさむし》と改名させ備後国に流罪とした。

「今日、由利様にお会いしました」

表向きのことにはほとんど興味を示さない蒼井が、珍しく宅嗣に話をしだした。

「由利様とは吉備真備様のご息女のことか」

「はい、法均尼様が追われてしまって、天皇様には由利様しか信頼できる方がいなくなってしまったようです」

「若売様がおられるではないか」

「若売様は天皇様にとって少し煙たいようです」

「なるほど、それで」

「法均尼様の罪状だけでも恩赦できないのでしょうか。清麻呂様は仕方がないでしょうが。どうでしょうか、左大弁様」

「蒼井が私の職位を知っているとは驚いたな」

「私も夫の職位くらいは知っております。お仕事の内容は知りませんが……。ところでどうなんです」

「由利様とそんな話をしているのか。真備様も困っておられるのだろう」

「道鏡様のお力が強いからできないということですか」

「いや、問題は道鏡様より天皇様だろう」

「天皇様の方が問題なのですか」

蒼井は不思議そうな顔をした。

「蒼井は清麻呂殿が受けられたという御神託を知っているか」

「はい、『我が国家開けてより以来、君臣定りぬ。臣を以て君とすることは未だあらず。天の日嗣ぐは必ず皇緒を立てよ。無道の人は早く掃い除くべし』と聞いています」

「そうだ。この御神託では陛下のお立場がないのだ」

「どうして天皇様のお立場がなくなるのですか」

「陛下は一度お決めになられた皇太子の道祖王、それから天皇にお決めになられた淳仁天皇を排斥された。それができた根拠は聖武天皇から与えられた『天下は朕の子であるそなたに授けることにする。天皇であった者を臣下とするのも、臣下を天皇と呼ぶのも、すべてはそなたの意のままにしてよい』という権限による。だから、先の御神託はこの聖武天皇の言葉と矛盾するし、もし正しいとするなら聖武天皇も間違ったことになってしまう」

宇佐八幡大神は聖武天皇による大仏造立に協力を申し出て以来、聖武天皇・称徳天皇父娘にとって守護神として尊崇されていた。その宇佐八幡大神が聖武天皇の言動を否定するわけはない、というのが称徳天皇のよりどころでもある。

「それならばどんな御神託だったらよかったのでしょう」

「天皇自らがお決めになりなさい、というのが無難かな」

「それだったら、宇佐八幡までわざわざ勅使を派遣することはなかったのではありませぬか」

「そうだ、そのとおり。宇佐大神はお節介な神様なのだ」

（たとえ、宇佐八幡が道鏡禅師の天皇即位を認めたからといって、伊勢神宮への処置はどのようにするつもりだったのだろう。浄人は馬鹿げたことを仕掛けたものだ）と宅嗣は思った。

大隈に配流される途中、清麻呂に道鏡の魔の手が襲い掛かる。しかし雄田麻呂の手のものに助けられ辛くも命を救われた。清麻呂が配流されている間、雄田麻呂は密かに生活の面倒をみていた。宅嗣に勧められたこの策が、後の雄田麻呂（百川）政権において大きな果報となり実を結ぶことを、宅嗣以外に誰も予想はできなかった。

阿閦寺

「宅嗣様、お寺の名前は阿閦寺でよろしいのでしょうか」

「うむ、そのつもりであったがなにか問題があるか。阿閦寺という名前の寺はまだなかったはずだが」

「もちろんほかにはございませぬが、ご本尊のお名前をそのままつけるのは、なにか芸がないような気がしまして」

「まあ、よいではないか。まさか維摩寺という名前にするわけにもいくまい」

「そうですね、人は必ず維摩会を思われますね」


維摩会とは興福寺において維摩経を講説する会である。藤原鎌足が自邸を寺として始めた会であったが中断していたものを、仲麻呂が祖父鎌足の功績を賛美するために再興した、仲麻呂色の強い会であった。仲麻呂を倒して成立している現政権には相応しくない名である。

「ところで図書館の名前だがこの名をつけようと思う」

と言って宅嗣は紙を取り出した。

「ゲイテイですか」

「豊年らしくないな。よく見ろ、芸の字か」

よく見ると芸の字の草冠は十が横に並んでいる。

「すみません見落としました。この字はウン（ng）と読むのでしたね」

「そう。和語にはない発音だ。はじめは雲の字と亭で、雲亭でも良いかなと思ったのだが書物の蔵に雨が降るのはいかがと思い考えていたのだが……」

宅嗣は昔、宿奈麻呂に図書館造立の話をしたときに、「雲をつかむような話だな」と言われたのを思いだした。

「禅では雲は煩悩の象徴のように喩えられますが」

「『雲収まりて山岳青し』や『白雲自ら去来す』といった有名な成句は煩悩を雲に喩えているのはわかっている」

「宅嗣様はなぜ雲がよいとお考えですか」

「雲は自由変化に形を変えるから。人間の知恵は学べば学ぶほど自由な心をもつことができるという理想なのだが」

「書物によって人の考えが大きくなる、書物によってものに囚われなくなる、ですか。よいですね。そんな図書館にしたいですね……」

「ところでお屋敷にある書物はおおよそ目録ができました。一度お目通しをお願いします。分類の方法のご相談ですが、四部分類は儒学が中心となる分類法ですので一考が必要かと思います。体系が組み立てられてはおりませんが、それぞれ細目に分けてみました。一度唐招提寺に行って仏書の分類法を学んできたいと思います」

「よいだろう」

「そうでした、肝腎なことを忘れておりました。忍基様のお使いが来られて、大筋できたので一度お越しいただきたいとのことです」

「そうか、いよいよできたか。それでは一緒に唐招提寺に行って見ることにしよう。豊年もそのとき、分類方法を思託殿にご教授いただくとよい」

「これも言い忘れました。忍基様は仏像を大安寺でお造りになっているようです。唐招提寺ではほかのお坊様の手前、鑑真様の像に似た像をお造りになりにくいようです」

「そうか、いろいろと苦労をかけてしまっているのだな」

宅嗣は見えないところで思託が心を砕いているのを聞いて合掌した。

由義宮

若売が訪ねてきた。少々疲れている様子である。

「若売様、少々お疲れのご様子ですね」

「そう私も年ですからね。宮仕えはこたえます」

「雄田麻呂殿も内豎《じゅ》大輔になられて二重に帝を支えていらっしゃいます。ご苦労様でございます」

内豎省は称徳天皇が新たにつくった政権中枢を支える軍事機関で、大輔は実質的な権限をもつ次官であった。

「称徳天皇様はすっかりお弱りになられました」

「ご病気ですか」

「お気持ちがすっかり衰弱なさってしまわれました」

「最近のことですか」

「例の御神託事件からです」

「……」

宅嗣はなにも言えない。こうなることはある程度見えていた。

「やはり大尼の地位にいらした法均尼様の存在は大きかったのでございましょう。陛下が最も信頼なさっていた方であり、心の裏表がない真正直な方だということは、陛下が誰よりもご存じだったはずですから」

「そうでしょう。その方から、あなたのなさってきたことは間違っているという御神託を伝奏されたのですから。陛下はいま地獄の苦しみを味わっていらっしゃるに違いない」

「おわかりになられますか」

「わかります。あの御神託を見たとき、これはまずいと思いました」

「せめて『臣を以て君とすることは未だ有らず』を抜いて伝奏すれば良かったものを」

「人間正直すぎるというのは、人を傷つけることもありますね」

「方角が悪いという禅師様のお話で陛下は何度も由義宮《ゆげ》に行幸されます」

若売は本題に入った。

宅嗣は雄田麻呂が新設の河内職大夫に任ぜられたのをチラと思った。称徳天皇は由義宮を西京、河内国を河内職と称するよう詔を発した。河内国を特別行政区画に昇格させたのである。

「正直にお話しすると、もう陛下のお心は道鏡様の元を離れたと思います」

「ならば、おやりにならなければならないことが山ほどあるかと」

「陛下はよくご存知ですが、それはもう無理にございます」

「それほど、お悪いのか」

「はい」


宅嗣は目を閉じ、一人苦しむ孤独な称徳を想像した。

「もう二十年以上も前になりますか、私は宅嗣様に女帝を支持してくださるかと尋ねたことがございました」

「お陰で、雲上の知られざる動きを教えていただき、この世を上手に渡っております」

「今一度、今度は女帝から次の帝にお渡しするのにお力をお貸しください」

「私になにができますか」

「今の朝廷の中枢は永手様、真備様、南家の縄麻呂様、そして宅嗣様にございます。道鏡様、弟の浄人様は陛下のお心が離れましたので今後は力を失っていきます」

「なるほど、それでどなたにお譲りなさろうとお考えなのですか」

「白壁王でいらっしゃいます」

「白壁王は確か陛下よりも十歳お年を召されていると思いますが」

「陛下はかなり以前から白壁王をお考えになっておられたのだと思います」

宅嗣は仲麻呂の乱の直後、称徳天皇が白壁王を正三位大納言に上げたのを思った。

「それは、妹御の井上内親王の夫君だからでしょうか」

仮に白壁王が即位すると皇太子には孫の他戸《おさべ》王がなることになる。他戸王は聖武天皇の外孫にあたり、皇籍のなかで称徳天皇の最も近親な親族となる。

「いえ、それは否定要素でした。陛下はもし白壁王に天皇の位を渡したなら、井上内親王は白壁様を廃してご自分が称制をしくのではないかと恐れておいでです。決断がおできになれなかった最大の理由でした」

宅嗣はため息をついた。

(井上内親王ならばやりかねない。陛下の眼力は確かだ)

「わかりました。宅嗣この命に替えましても陛下のご意思をお守りいたします」

若売の顔にいくばくかの赤みが差したようであった。

称徳天皇の病状が参議に知らされたのは、由義宮に行幸した神護景雲四(七七〇)年二月末である。保良宮で驚異的に称徳天皇の命を救った道鏡の神通力はもはや存在しなかった。永年の、権力への安住は道鏡禅師の心を蝕み、美食によってつくられた体は医術の腕も衰えさせていた。

称徳天皇の気分を変えようと道鏡はさまざまな催しを行う。三月三日には曲水の宴が、二十八日には歌垣が盛大に催される。河内に住む百済から亡命してきたものたちを総出させ、歌や踊りで祭りを賑やかせた。

宅嗣は淡海三船とともに曲水の宴に参加した。曲水の宴とは、池に小さな船を浮かべその上に酒の杯をのせ、船が自分の前を通り過ぎる前までに即興で詩を作って競争する遊びである。詩の出来栄えが良かった宅嗣はここで称徳天皇から淡海三船とともに、

「文人の首」

と賞せられた。「首《おびと》」は聖武天皇の呼び名である。宅嗣にとってはこの上もない名誉なことである。しかし宴の最中、宅嗣は、称徳天皇から、もはや母親光明皇后譲りの光り輝く美しさが消え失せているのを見た。あのとき宅嗣があこがれた、あの美しい姫はどこにいったのだろう。

称徳天皇は病に冒され将来に不安をもつ老婆のような目をしていた。

雄田麻呂

なにの用事で来たのか、若売が蒼井と談笑している。

「今日はなにのご用事かな」

「息抜きでございます。私には娘がおりませぬゆえ蒼井とおなごの話をしておりますと、気分が紛れます」

「そうですか。それで宮中のご様子はいかがですか」

宅嗣は称徳天皇の様子をそれとなく聞いた。

「陛下は一昨日、平城宮にお戻りなさいました」

「それは存じておりますが、いかがなさっていますか。どなたも陛下にお目にかかっていないと聞いていますが」

「はい、由利様以外には……。どなたもお目通りがかないませぬ」

由利は吉備真備の娘である。

「若売様もできませぬか」

「はい、私も由利様を通じてお伺いをしてからお目にかかるようなわけで、ほんの短い時間でしかお会いしていません。私だけではなく、お近くでお世話をしています女官たちもほとんど除かれております」

「なにをお考えなのだろう。由利様にしか心をお許しならないということは、真備様のお指図なのだろうか」

「私は真備様のお指図ではないと思います。由利様は陛下に付きっきりで、都にお戻りなられてから真備様ともお会いになっていないと思います。もっぱら陛下のお指図かと」

「道鏡様はいかがなさっている。看病僧の特権で会うことはできましょう」

「それが不思議なことに一度も参内されませぬ。まるでこのことを予想していたかのようでございます」

宅嗣は懸命に頭を回転させた。しばらく沈黙が流れた。

「なにをお考えになられていらっしゃいます」

「若売様が言おうか言うまいか迷っていらっしゃることでございます」

若売は息を継いで、

「すべてがお見通しということでございますね」

と言った。

宅嗣は、称徳が都に戻って道鏡が参内しないということは――、

称徳が道鏡を見限ったということ
道鏡は修復が不可能であることを悟っているということ
称徳が誰にも面会しないのは、いろいろな意見を奏上されるのを拒否しているということ
称徳が一番警戒しているのは道鏡が謀反を起こすこと
道鏡にそのような意思がなくてもまわりにはさまざまな輩がいること
ただし道鏡には兵がないこと
道鏡が職権で動かせる兵といえば新たにつくった内豎省でしかないこと
内豎省の長官は弓削浄人だが、実権は大輔の雄田麻呂がもっていること
称徳から雄田麻呂になんらかの指図があったのではないかということ

「……ですが、どうですか」

と若売に確かめた。

雄田麻呂は若売の息子である。

「確かにそのとおりです。雄田麻呂は一度だけ陛下のお指図で私が手引きし、お目通りいたしました。しかしすべての者が遠ざけられ、どのようなご指示があったのかは、母である私にも明かしてくれませぬ」

「それは当然でありましょう。ご指示の内容はだいたい察しがつきます」

宅嗣は雄田麻呂の今の地位が極めて重要、これからの政権移行に大きな影響を与えるであろうと思った。

しばらく顔を見せなかった宿奈麻呂が顔を出す。

「なにやらきな臭くなってきたな」

と兵部卿の宿奈麻呂が切り出す。

「兵部省でなにか動きがあるのですか」

宅嗣が惚《とぼ》けて聞く。

「左大臣と右大臣が呼ばれたそうだ。宮中の近衛隊の統括が二人に任されたという指令があった」

左大臣は藤原永手、右大臣は吉備真備である。これもまた、由利を通してのお召しである。宿奈麻呂は兵部卿の地位にあった。真っ先に連絡があったのだろう。

「もう二月余り陛下は表に顔をお出しにならない」

「本当に生きているのかな」

「まさか。お隠れになっていることはあるまい」

「陛下が都に戻られたときに雄田麻呂が呼ばれたらしいのだが、宅嗣はなにか聞いているか」

「いえ、なにも」

「彼奴も融通のきかない奴でなにも話さない。よほど俺が信用できないとみえる」

「雄田麻呂殿は宿奈麻呂殿を頼りにされていますよ」

宅嗣は笑った。

「俺と兄貴の広嗣は母親譲りで無鉄砲、雄田麻呂は若売の息子で出来がよいからな」

「宿奈麻呂殿の母上は私の伯母ですよ」

「これは失言であった。そこつ丸見えだな」

宿奈麻呂は額に手を当てて苦笑いだ。

「広嗣殿や宿奈麻呂殿がいらっしゃるから、世の中少しずつでも良くなってきているのではありませんか」

「慰めてくれなくてもよいわさ」

「ところで左大臣と右大臣が揃って参内して、宮中の警護のことだけのご指示だけだったのでしょうか」

「というと」

「陛下のご病状がそれほどお悪いのなら、お世継ぎの話は出なかったのでしょうか」

「ふむ、そう言われると……、なにもないのは確かにおかしい」

数日後、宅嗣が予想していたように左大臣の永手から朝堂に集まるよう指示があった。

「今日の朝議はいかなる構成なのであるか。いつもの方々とは些か異なるが」

宿奈麻呂が口を出した。

「今、ご説明をいたす」

説明をするからとにかく座れとの指示である。全員が座ると左大臣永手が口を開いた。

「今日お集まりの方々は陛下のご指名による方々である。さよう心得られたい」

永手は恭しく頭を下げ一同もこれに倣った。

太政大臣の道鏡、大納言の浄人、白壁王、参議の文室大市の顔もない。どのような選抜で朝議の議員が決められたのかはわからない。しかしこの集まりは称徳天皇の意思によってつくられたのはどうやら間違いがなさそうだ。

「陛下は御世継ぎについて、お集まりの方々によって推挙せよと仰せである」

一瞬会議がどよめいた。

一同の脳裏には大炊王に決めたときのことが思い出された。仲麻呂が長老たちを集めて候補を出させ、一人ずつ潰していき、最後には自分が養っていた大炊王を天皇に推挙させ帝位に就かせた。今度は……どのような筋書きなのか。

「お言葉どおり解釈すれば我らは自由に選んでよいということだが、ここでお選び申して陛下にご報告したとしても、とてもそのまま、お受けになるとも思えぬ」

永手は慎重に言葉を選んだ。

「ならばいかに朝議を進めるべきであろうか」

と右大臣真備が進め方をはかった。

「まず、陛下のお心がいずれにあるかを考えねばなるまいとわしは思う」

「左大臣の申されることはごもっともなれど、陛下が承諾なさるかどうかは別として、この朝議ではどなたが後継として相応しいかを論ずればよいのではなかろうか」

と真備は学者らしい意見を述べた。

「右大臣殿には、陛下はなにも漏らされておられないのか。わしは由利殿を通じてご内意を伺っておられるのかと思っておった」

永手は皮肉にも聞こえるような口調で一同に話した。

「由利はお側近くに仕えておるが、こと政においては公正に務めておる」

と真備は憤慨して応えた。

(さすが永手殿、政治力では勝負あったな)

と、宅嗣は思う。

「これは失敬いたした。ところで右大臣殿のご意見についていかが思われるか」

永手が続けると、宮内卿の石川豊成《とよなり》が、

「陛下のご内意がないと仮定すれば、どのような考え方がお世継ぎを選ぶのに相応しいか右大臣様にお伺いしたい」

と真備に助け船を出した。石川豊成は蘇我氏の長老である。永手は少し顔を歪めながらも、

「右大臣殿、いかがお考えか」

と促した。

「もはや天武天皇のお血筋で皇籍に残られておられる方はいらっしゃらない。したがって臣籍降下されている方々のなかからお選び申すほかはないと存ずる」

「臣籍降下されておられる方々から、どのようにしてお選び申し上げるのですか」

石川豊成が聞く。

「それは長老の方よりお選びするのがよろしいと存ずる」

真備は当たり前だと答えた。臣籍降下した長老となれば長親王の子文室浄三《ふんやのきよみ》である。

「石上殿、そなたは物部氏の長者でおはす。物部氏は故事により天皇即位には神楯を立てる習わしがある。石上殿はいかがお考えになられる」

永手は真備の話の腰を折った。故事とは小泊瀬稚鷦鷯天皇《おはつせのわかさざきのすめらみこと》が後継を定めず没したとき男大迹《をほどの》

天皇《すめらみこと》を物部氏が立てた故事である。

「右大臣様の申されることごもっともなれど、臣籍降下、皇籍復活は陛下の大権でございますゆえ、臣下がこれを論ずるのはいかがかと思われます」

真備は一瞬しまったという顔をした。

「そのとおりではあるが今の場合は致し方のないことではござらぬか」

永手が取りなすように言った。

「臣籍降下されていない皇子もおられるではありませぬか」

宿奈麻呂が口を開いた。

「宿奈麻呂殿は井上内親王様をお立てしようというのか」

石川豊成が言った。井上内親王は聖武天皇の内親王。称徳天皇の妹で血脈からいえば最も濃いお方である。先例はあるが二代女帝が続くことになる。

「いえいえ、私はそのようなことは言ってはおりませぬ。ただ降下されていない王の方はいらっしゃると言ったまで……」

宿奈麻呂が話を続けているなかで、宅嗣はもうこれで良かろうと口を開いた。

「陛下が由義宮でお倒れになられ四月に都に戻られてから先日、左大臣様、右大臣様がご面会されるまで陛下は誰ともお話をされようとなさいませんでした」

宅嗣が称徳天皇の話をしだしたので皆、宅嗣に注目した。

「雄田麻呂殿は河内職大夫として陛下が都にご帰還あそばす際、陛下のお側近くにお仕えしていたであろう」

いつ話を切り出そうかと迷っていた雄田麻呂には、宅嗣の話の振りはまことに好都合であった。

「はい、由義宮から平城宮にお入りになるまで、ずっとお側でお守りしておりました」

「そのときなにか陛下からご下命はなかったか」

「ございました」

（なに）

一同の目の矢が雄田麻呂に注がれる。

「しかしご下命を受けましたのは都に戻りましてからにございます」

真備は由利から密かに雄田麻呂が称徳天皇に呼ばれたのを聞いていた。もし雄田麻呂が拝命したというなら無視することはできない。

（黒幕は宅嗣だったのか）

と真備は後悔にも似た感情を抱いた。

「なぜそれをはじめに言わないのだ」

永手は自分の言葉が無視されたと怒った。

「陛下のお指図でございましたゆえ、黙っておりました」

「そうか」

称徳天皇の命令とあらば仕方がない。永手は宅嗣から進行役を取り上げて先に進んだ。

「してご下命の内容は」

「ご下命は二つございました」

雄田麻呂は大きく息を吸って心を整えた。

「一つ目は都に戻ってからは道鏡様の命令で兵を動かしてはならぬ、ということでございます」

「それは当たり前であろう。わしはそのようなことは聞いてはおらぬ。お世継ぎはどなたにせよとご下命があったのだ」

「陛下はこう仰せられました。朝議にて合議され、はじめに朕の心を申すこと差し控えよ。もし、朕の心に違われれば、初めて申せ。違わざれば、申す必要はない、と」

「だからどなただと聞いておるのだ」

永手はじれったいと責めた。

「白壁王様にございます」

「そうか」

と言ったきり、永手は次の言葉がなかった。

白壁王は皇籍ではあるが、天武の皇統ではなく天智の皇統である。確かに聖武の覚えもめでたく、斎王としての務めを果たした井上内親王を妻にさせている。その間にできた他部王が跡を継げば草壁の皇統は不完全ながら保たれる。

「ご一同、陛下のお心は白壁王様であることがあいわかった。この朝議では陛下のお考えに異議はないこととして群臣は白壁王様を望んでいると奏上いたしたいと存ずるが、ご異議あるお方はあるやいなや」

一同は頭を下げた。

朝議が終わると宅嗣は真備のもとに行き、

「面目を奪ったようで申し訳ない」

と謝った。真備は、

「わだかまりはございません。むしろ由利から雄田麻呂殿が拝謁していると聞かされたときに悟るべきであった。それがしも衰えましたかな」

と笑った。

宅嗣が一条の邸に戻ると、先に雄田麻呂を連れた宿奈麻呂が訪ねてきていた。

「宅嗣は知っていたのか、雄田麻呂が拝命していたのを」

「いや知らなかった。しかし密かに参内したとなれば、なにかはあるだろう」

「それは……なにかはあると思うが、雄田麻呂はなにもないと言うし……」

「陛下の厳命なのだ。仕方がないであろう」

宅嗣は取りなした。

「それよりこれからが大変だ。法王が黙っているはずがない。その時がきたら一挙に片を付けてしまわねば」

と雄田麻呂が言う。

「しかし、道鏡も暢気《のんき》だな。由義宮に籠もりっきりのようだが」

「法王は毎日、陛下の病状が良くなるようにと祈祷している」

河内職大夫にある雄田麻呂は毎日、部下から道鏡の様子の報告を受けていた。

翌朝、左大臣藤原永手、右大臣吉備真備は朝議の結果をもって参内する。もちろん、吉備由利の仲介を得てである。

称徳天皇は床に伏したまま、御簾は下がったままである。お顔の様子を窺うことはできない。

「左大臣藤原朝臣永手参りました」

「右大臣吉備朝臣真備参りました」

「両名大儀である」

かすれてはいるが、確かに聞き覚えのある称徳天皇の声である。

「して朝議では誰を指名した」

「白壁王様をご推挙申し上げます」

「白壁王か。よかろう」

これが二人の聞いた最後の言葉となった。

永手が白壁王の後継を称徳天皇に上申してから、天空に異変が見えた。美しい北斗七星を彗星が横切る。称徳天皇が崩御されるまで毎晩続いた。人々は暗に時代が移り変わるのを感じていた。

およそ十日後の八月四日、称徳天皇は平城宮西宮の寝殿でこの世を去る。享年五十三歳。草壁皇子という高貴なる血に翻弄されたともいえる一生であった。

天皇崩御の知らせを受けて宅嗣が参内すると、そこには左大臣、右大臣そして次の天皇の位に就くべき白壁王がすでに到着していた。白壁王には永手から遺宣により次の天皇に指名され

たことが伝えられていたようだ。しかし結果は思わしくなく、白壁王は懸命に固辞していると
いう。右大臣の真備が「白壁王はどうしてもお受けにならない」と宅嗣に耳打ちした。

しばらくして白壁王が別室に退くのを見て、宅嗣は後に続いた。

白壁王は横になろうとしていたが、宅嗣が部屋に入ってきたのを認めて起きあがった。

「石上殿も永手様と同じで、わしを帝位に就けようというのか」

「陛下の御遺宣でございます」

「そんなことはわかるものか。陛下は亡くなっている。重臣たちが決めればそれで決まる」

太政官の大納言という地位にあった白壁王は、政の裏も表も熟知していた。

「御遺宣は間違いなく御遺宣でございます」

「うむ、そうかもしれぬ。しかし考えてもみてくれ。わしは帝位の後継争いからとにかく逃れたいという一念でこれまでやってきた。若いときには酒におぼれた振りをして才を隠し、外に出ては称徳陛下に責められ、内では妻の井上内親王に罵られ、子の他戸王にまで馬鹿にされてきた。それでもここまで生き延びてきたのだ。ここにきて新たに火中に入ろうとは思わぬ」

「陛下が白壁王をご指名された理由《わけ》をご理解ください」

「それは内親王が産んだ他戸王が聖武天皇の孫であり、他戸王が帝位に就けば皇統が保たれるということなのだろう」

「もしそうならば他戸王様を後継にされるはず」

称徳天皇は井上内親王の称制を嫌ったのだが、宅嗣は伏せた。

「ならばなぜ」

と言って怪訝そうな顔をしていた白壁王ははっとした。

（皇統を天智に戻す。それが隠された意図なのか）

しばらく沈黙が続き、宅嗣は白壁王の考えがまとまるまでじっくりと待った。

「仕方がない。お受けしなければなるまい。我が身のためにも、我が皇統のためにも」

白壁王は自分に言い聞かせるように言葉を吐いた。

「条件を付けてもよいかな」

「お受けくださるのなら何なりと」

帝位に就くのに条件を付けるなど前代未聞のことであろう、と思いながら宅嗣は答えた。

「一つは道鏡を殺さないこと。殺せば次の政権は呪われる」

「ごもっともでございます。ほかには」

「不破内親王の流罪を説くこと」

「承りました」

不破内親王の復権は、井上内親王と他戸王への牽制なのだと宅嗣は理解した。

「ほかには」

「いろいろあるがきりがない。後は自分の責任で進めよう」

と言って、白壁王は横になり、まもなく寝息が聞こえてきた。

(見かけによらず図太い人だ)

そう思って宅嗣は部屋を出た。

「いかがであった」

大広間に戻ると永手が心配そうに聞いた。

「お受けくださいました」

「そうか、それは上々。石上殿ならば上手く運んでくださると思っていた」

永手は「よし」と言うばかりに席を立ち、遺宣公表の指示をするため大広間を出ていった。


左大臣藤原永手は直ちに称徳天皇の遺宣として白壁王を皇太子に立てた。永手はその遺宣について、白壁王が皇族のなかの長老であり、聖武天皇の覚えもめでたかったことから称徳天皇が指名したことを説明した。

称徳天皇の御遺体は八月十七日、長屋王の弟鈴鹿《すずか》王の邸宅がかつてあった高野山陵に埋葬される。称徳天皇の死を信じられない道鏡は山陵の傍らを離れず、ひたすら昼夜を問わず祈祷をし続けた。

物部一族の道鏡を高野山陵から引き離すのは、物部の統領である宅嗣の役割であった。

「禅師、陛下は身罷れた。禅師がここでご祈祷を続けられているのはかえって陛下を苦しめることになろう」

「石上様がいらしてくださったのは有り難い。今少し祈祷させていただけぬか」

「お亡くなりになられてもう半月も経ちます。陛下を自由にさせてあげなさいませ」

「陛下は拙僧のすべてであった。そうかもう半月も経つのか」

道鏡は呆然として宅嗣の顔を見た。焦点の定まらない目をしていた道鏡であったが、しばらくすると自分を取り戻したようになって、

「さて、拙僧はどこで首をはねられるのか」

と、宅嗣に聞いた。

「道鏡様は死罪にはなりませぬ。今は天皇様はおりませぬ。天皇様がおられないときに大権である死刑という罪はありませぬ」

「ほう、そういうものなのか。ならばどこに流される」

「白壁皇太子の令旨により、下野国薬師寺別当に任命されました」

「ほう、それは奇怪な。このような破戒坊主に戒律の番人になれとは」

と道鏡は笑った。宅嗣は宿奈麻呂の弟の蔵下麻呂に、道鏡を下野国まで護送することを頼んだ。貴人が権力を失って地方に流される場合、時として途中で命を奪われることがしばしばだからである。

白壁皇太子は「道鏡はひそかに皇位を窺う野心を抱き、久しく日を過ごしてきたが、その悪巧みが露顕した。しかしながら先聖の厚恩をかえりみて、法によって刑するにしのびなく、造下野国薬師寺別当に任じ『下野国薬師寺別当』に配流する」と令旨した。

道鏡の弟の弓削浄人と浄人の子の広方・広田・広津の処置は雄田麻呂の役割だった。雄田麻呂は白壁皇太子の令旨が出るやいなや、浄人の屋敷を取り囲み一気に拘束した。浄人は抵抗する暇《いとま》もなくそのまま罪人として土佐国に流された。

雄田麻呂は翌月、皇太子に奏上して大隅に流された和気清麻呂と備後に流された姉の広虫の復権を願った。もとより皇太子に異存があるはずがない。

直ちに都に召還され、九月六日、清麻呂は従五位下、広虫は正四位下に復した。これ以降清麻呂は雄田麻呂の有能な相棒となる。

百万塔陀羅尼

「これはなにですか」

　おもちゃのような三重の塔を見て豊年が尋ねた。

「百万塔陀羅尼というものだ。四月に完成したらしい。一つ大安寺から借りてきた」

「百万というからには百万基もあるのですか」

「そう十万基ずつ大安寺・元興寺・法隆寺・東大寺・西大寺・興福寺・薬師寺・四天王寺・川原寺・崇福寺の十大寺に奉納された」

「本当に百万も造ったのですね」

　豊年は百万という数に驚いた。

「仲麻呂の乱が平定されたときに、称徳陛下が戦死した将兵の菩提を弔うとともに、仏教国家を祈念して造らせなさった。百万塔を全部完成させるのに六年もかかったが、せめて陛下がお亡くなりになる前に完成して良かった。中に陀羅尼経が納められている」

　宅嗣が土台から塔を外すと、幅四・五センチメートル位の巻物が出てくる。

「はじめはすべて僧侶に手書きさせようとのお考えだったが、あまりに時間がかかるので陀羅尼経は印刷にすることになった」

「印刷？」

「木の板に文字を浮き彫りにし、墨を塗って、黄檗で染められた紙を載せて、擦って写し取る方法だ」

と言いながら宅嗣は紙の上を擦るような仕草をしてみせた。

「塔の方はどのようにして造られているのでしょうか」

「ろくろを使って木を回転させ、鉄の刃を当てて削る。そのようにして造るのだそうだ」

最近やってきた大陸からの亡命者たちがろくろの技術を伝えたと宅嗣は言う。

「この塔は芸亭の所蔵品としてよろしいのでしょうか」

「いや、それは返さねばならない。あらためて図書寮から頂いてくる」

「仲麻呂の乱で亡くなられた方の菩提というよりは、陛下の菩提のために完成したようです」

「そうだな。もう少し早くできあがれば良かったのだが。職人も懸命に造ったのだろうからこれも縁というものだろう」

陀羅尼は繰り返し唱えて雑念を払い、無念無想の境地に達するための呪文である。その言葉自体には意味がない。百万塔は、できあがったものに価値があるのではなくて、造ることに価値があるのだと思託から教わった。

「忍基様から仏様を運びたいとご連絡がありました。仏様はどちらにお納めすればよろしいのでしょうか」

「方丈の間に安置なさい」

「わかりました。芸亭には仏様をお納めする必要はないのですね」

「ない。学問には仏も儒もない」

宅嗣は強く言い切った。その宅嗣に豊年は、

「わたくしはいろいろと教えを受けて存じているつもりですが、この図書館のきまりを公開する必要はないのでしょうか」

と少し不満げに問うた。

「そうか、それも一理あるな。今から思うところを話すから、書きとどめておいてくれ」

「わかりました」

と豊年はすでに墨が擦られた硯と筆を持ってきていた。宅嗣はうまくはめられたなと思いながら笑みを浮かべ、一句一句話し出した。

「私が家を寺として芸亭を設立したのは、次のような意図があるからである。

大学で学ぶ儒教とこの寺で学ぶ仏教の根本は同じである。一見異なるように見えても究極は

変わらない。

仏教典を理解するため、儒書やそのほかの書物を置いた。

ここは仏教修行のための寺であり、その修行を妨げることは何事も禁じる。

芸亭で勉学する者は言葉尻にとらわれることなく、言葉の大意をとらえて励んでほしい。

後進の人たちには世俗の苦労などを超越して、悟りの境地を開いてほしい」

と結んだ宅嗣は、豊年にまとめて掲示するよう指示をした。

改元

神護景雲四（七七〇）年九月二十二日、称徳天皇の四十九日法要が営まれ、都そして諸国において大祓がおこなわれた。本来ならば一年間は喪に服するところであるが、翌日までとされた。天皇即位のためである。

十月一日、宅嗣は物部の当主として神楯を行い、白壁皇太子が即位して光仁天皇となった。実に六十二歳の老齢な天皇の即位である。肥後国から白い亀が献上されたことから、光仁天皇は元号を宝亀と改元する。

「俺は名前を良継に変えることにした」

宿奈麻呂が宅嗣に話す。

「私も百川と改めました」

と雄田麻呂。

「心境の変化ですか」

「まあ、そんなところだ」

と言って良継は紙に墨書して宅嗣に見せた。

「ツグの字が違いますね」

兄の広嗣、宅嗣の嗣の字と異なる。

「占い師が言うには、俺の生まれた年月だと嗣の字は画数が悪いそうだ。というわけで継の字になった。その占い師なのだが、『お前、誰にその占い方法を習った』と聞いたら『道鏡禅師様だ』と答えやがった。いい加減な奴だとは思ったのだが、字に書いてみると確かに格好がよい」

「いずれにせよ新しい時代です。称徳陛下は天武・天智の呪縛から逃れられなかったお方です。見方を変えれば可哀想でした」

「そう我らも麻呂から離れて新しい世をつくっていきたいものぞ」

「兄者、それは大げさな言い方であるよ」

と百川が言い、三人は笑った。

「ところで、宅嗣様はご自宅を寺になさるとか伺いましたが」

「ああ、そうなのだが、寺をつくるというより図書館をつくりたいのだ」

「図書館……ですか」

「図書館。誰でもが自由に書物を閲覧することができて、自由に議論することができる場所をつくりたいのだ」

「ご所蔵の書物を開放されるのですか」

「石上には大量の書物があるからな」

「お寺の図書館ということは、仏典だけを公開なさるのですか」

「いや、そのようには考えておりません。内典だけでなく外典も公開します」

百川は意外だという顔をした。内典は仏教の経典、外典とは仏教以外の書物をいう。

「儒教と仏教は明らかに違いがありますが、私が考えるには根本は同じで、儒仏のよいところを補い合うことで学問が成就するように思うのです」

「石上神宮にある古書はどうするつもりなのだ」

「こちらに運び入れて整理をさせています」

「石上の古書には天皇家の記紀に書かれていない故事が残っているはずだ。それはどうするのだと聞いている」

良継とは思えぬ鋭さで宅嗣を諭した。

(良継は変わった)

と、宅嗣は思う。

「それは慎重にいたします」

「それがよいな。式家と石上は仲が良好だが、北家や南家はこれから先どうなるかはわからない。慎重にした方がよいぞ」

宅嗣は軽く頷いた。

宝亀二（七七一）年一月二十三日、光仁天皇は井上皇后との子の他戸親王を皇太子にした。巷では、次の代に聖武天皇の孫が皇位を継ぎ、天武・聖武系が復活されるであろうと予想した。しかし二月二十二日、左大臣藤原永手が五十八歳で没すると再び流動化する。

光仁天皇から「急ぎ参内せよ」との命を受けて、宅嗣が「なにか格別な用件であろうか」と参内すると天皇は、

「許せ、今日は皇后が出かけたので、久しぶりに石上の話が聞きたいと思って呼んだ」

「恐れ入ります」

「永手が死んだ。真備も古希を過ぎたからといって、官を辞した」

「称徳天皇様の御代の高官方は、皆様お年を召されまして、時代の移り変わりでございましょう」

「年のせいにするなら、朕こそすぐにでも退位せねばなるまい」

「失言をいたしました、お許しください」

「そんなことはどうでもよい。永手、真備がいなくなって、大臣には右大臣の大中臣清麻呂しかおらぬ。石上が右大臣になってはどうか」

予期せぬ天皇の言葉に宅嗣は戸惑った。

「石上が戸惑うのは珍しいことだ」

光仁天皇は無邪気に喜ぶ。

「大中臣様が左大臣で私が右大臣では、諸侯の均衡を欠きましょう。どなたか藤原の方を当てられては」

「相変わらず欲のない人だな。誰かあてはあるか」

「式家の良継殿ではいかがかと」

「宿奈麻呂か、まだ中納言ではなかったか」

「私も中納言でございます」

「そうか、大納言ではなかったか……。さて、宿奈麻呂は式家の当主であるから多少の抜擢も許されるであろう。百川は切れるがもう少し時間をかけた方がよいのかもしれぬ。右大臣でよいのかな」

天皇は確認を求めた。

「内臣でよろしいかと」

「内臣……。嫌な仲麻呂が思い出されるな。しかし藤原にとっては響きの良い官職であろう。よかろう、良継にすることにする」

　宝亀二（七七一）年三月、藤原宿奈麻呂改め藤原良継は、祖父の不比等に同じ内臣に任じられた。

皇后

蒼井のところに宮仕えの息抜きに来ていた若売が、宅嗣の顔を認めると部屋までやってきて、

「皇后様にはほとほと疲れます」

と聞いてくれと言わんばかりに愚痴を並べだした。宅嗣はこんな若売ははじめてで、狂ったのではないかとまじまじと見た。

若売の話によると、皇后は四六時中天皇の悪口を言っているようで……、

「政は天皇と皇后が力を合わせておこなうもの」

この辺はまともなのだが、

「天皇は何事も秘密にして皇后になにも明かさない」

「不破内親王の復権も内緒でやった」

「称徳天皇崩御のときも自分だけ先に行き、勝手に帝位に就いた」

「本来なら自分が帝位に就くはずだったのを横取りした」

「光仁天皇が死ねば私が皇太后となって政を行う」

「光仁天皇を呪い殺す」

そのようなことを何度も何度も繰り返していう。

女官たちがいさめても聞かず、いさめが強ければ皇后はいさめた者を殴り倒す。

「どうしようもない」「ほとほと困った」と若売が泣かんばかりの様子である。

（光仁天皇ご夫婦の仲は天智系と天武系の争いに引き裂かれただろう。今まで常に修羅場をくぐってこられたのだ。不仲であるのが当たり前なのかもしれぬ）

と、宅嗣は思ったが、このままでは帝位にも影響しかねないと考え、内臣の良継にとりあえず様子を見るよう頼んだ。


「内臣藤原朝臣良継、参りました」

「ふむ、内臣ごときがわらわに何の用事じゃ」

「皇后様が天皇陛下の廃位を願っておられると巷での噂がありますゆえ、確かめに参りました次第にございます」

「確かにわらわは光仁の廃位を願っておる。だからどうなのじゃ」

そばに仕える女官たちは、はらはらして聞いている。

「恐れながら、それは大逆罪にあたります」

「なにを言うか。大逆とは臣下が天皇の転覆を企てるもの。わらわが帝位に就けてやっている卑しい老いぼれを馬鹿にしてなにが悪い」

「いやしくも帝の位にあるお方を呪うとは」

「だからわらわが就けてやっている帝なのだ」

これはなにを言っても無駄だと早々に引き上げた良継は、女官の足嶋に「皇后が天皇をまじないで呪うようなことはなかったか」と問うた。

足嶋はおそるおそる、皇后がまじないをすることは数年前から続いており、自分たちも手伝わされていたことを白状した。

良継は「よく知らせてくれた」と礼を言い、その場を去った。

宅嗣に相談する。良継が参議に引き上げた百川を同伴して。

「……という具合なのだ」

「若売様のお話でただごとではないと思いましたが、このままでは帝もおかしくなってしまわれます」

宅嗣は帝位に就くように勧めたときに光仁が言った、

「外に出ては称徳陛下に責められ、内では妻の井上内親王に罵られ、子の他戸王にまで馬鹿にされてきた。それでもここまで生き延びてきたのだ」

という言葉を思い浮かべた。

帝位に就いた今も家庭内の不和は続いていると悟った。

「どうしますか。廃后するしかないと思いますが」

百川は母の若売から愚痴を繰り返し聞かされているので、もうわかりきったことだと断言する。

「そう簡単に井上皇后を罪人にはできない。光仁天皇は皇太子の他戸王への中継ぎだと理解している者が多いのだから。皇后を罪人にするなら皇太子も罪人になってしまう」

「だったら兄者はこの難局をどう切り抜けるのか」

「宅嗣、なにか良い手立てはないものか」

人のよい良継は真に困った顔をする。

「もう草壁皇子の幻影は捨てなければなりませんね」


天武が亡くなって約百年。持統と天武との間に産まれた草壁皇子を皇統として、それ以外を認めず、あるときは無理矢理にでも女帝を立ててその血筋を守ってきた。それが今は行き詰まって次の時代に変わろうとしている。ならば、今までのものを捨てなければならない。それが道理だ。

「それでどうするのだ」

理屈はわかるが実際にはどうするのか。これが内臣の疑問である。

「壁の色を変えましょう。緑から白に。緑が正しいのではなくて白が正しいのです。これからは」

「なるほど、今までやってきたことが正しいのではなくて、今やっていることが正しいとするのですね」

さすがに百川は呑み込みが早い。

「まず、罪状はともかく、皇后を天皇のそばから離さなければなりません。その後の様子で次の手を打てばよいのでは」

宅嗣の言葉に、良継は安堵したような顔になった。

井上皇后は数日後拘束され、外京にあった元興寺の一院に監禁された。廃后されたのはそれから数カ月経った宝亀三(七七二)年三月二日。他戸皇太子は五月二十七日に廃され皇籍をはずされた。

芸亭なる

宝亀二（七七一）年の新嘗祭は、光仁天皇の即位を祝う大嘗祭であった。

新嘗祭とはその年の新穀を天皇が神に捧げ、天皇自らも食す収穫祭をいう。天皇が即位後初めて行われる新嘗祭は、一世一度の祭として特別視され大嘗祭と呼ばれた。そして大嘗祭には古例に従い、物部氏の当主による神楯桙が立てられる。

光仁天皇の大嘗祭には石上一門の当主である参議従三位式部卿石上朝臣宅嗣、丹波守正五位上石上朝臣息嗣、勅旨少輔従五位上兼春宮員外亮石上朝臣家成、散位従七位上榎井朝臣種人の四人が神楯をおこなった。息嗣は宅嗣の弟、家成は従兄、榎井種人《えのいのたねびと》は他系譜をもつ物部一党である。

石上一門にとって最も華やかなこの大嘗祭と同じ月に、宅嗣は一条の邸を寺に変え阿閦寺とし、所蔵の書物を公開する芸亭を開いた。

大嘗祭の終わった数日後の小春日和の日、芸亭のささやかなお披露目がおこなわれる。

石上一門、式家を中心とした藤原氏一門、その他太政官の面々が集まった。

「こんなに綺麗な庭園だったかな」

今や右大臣大中臣清麻呂に次いで、太政官の次席となり、権力を一手に握っている良継が言う。

「兄者は夜にこそこそやってきて、昼間の庭園など見たことがないのではありませんか」

百川が冷やかす。

「いえ、内臣様のおっしゃるとおりでございます。池にかかっているこの橋も水の流れもすべてやり直しいたしました」

宅嗣の指図で芸亭の開院を仕切った賀陽豊年が臆せず答えた。

「そうだろう。前に見た景色と随分と違う」

と、良継が反っくり返る。


石上邸は芸亭用に新しい門が造られ、門を入ると本堂が見える。本堂は装飾のない簡素なつくりで、板の間の正面に忍基が製作した阿閦如来が鎮座している。

寺に入れば、人は仏に詣るのが当たり前だが、宅嗣は強要しなかった。しかし、「ここは寺であるから、その修行を妨げることは何事も禁じる」ことを忘れなかった。

本堂を出ると、池があり橋が架かっている。橋の向こうに芸亭と宅嗣が名付けた公開図書館がある。池の周りには松の樹が植えられ、池面にその姿を映している。

「この樹の植え替えが大変でした」

と豊年は同世代の宅嗣の子息継足《つぐたり》に説明した。

麻呂の時代からあった樹々は大きくなりすぎていたため、あるものは移し、あるものは植え替えたのだという。前妻佐渡との間に生まれた継足は体が弱く、外に顔を出さないのがこの日ばかりは皆と合流していた。


「ここの住職は誰なのだ」

良継が今、気がついたように尋ねる。

「おりませぬ。強いていえば私かも」

「住職のいない寺というのはあるのか」

良継は自分の師でもある思託に尋ねた。

「いえ、ありませぬ」

「宅嗣は僧ではないではないか。学識は僧として充分あり過ぎるぐらいだが、戒律を受けてなければ僧ではない」

「宅嗣様が戒律をお受けになるのなら、すぐにでも戒壇のご用意をいたします」

思託が言った。

「この寺は在家の道場にしたいのです」

宅嗣が説明しようとするのを、

「在家の道場。なんだそれは」

と、良継が反応する。百川が、

「兄者、最後まで聞いてください」

と制する。宅嗣は、
阿閦如来は藤原不比等や光明皇后が信奉した仏様で、その阿閦如来の化身として生まれたのが維摩である。聖徳太子が信奉したのもこの維摩の維摩経である。維摩は釈尊の高弟の一人で文殊菩薩にもまして知恵の備わった人であった。しかし維摩は決して出家しようとせず、一生を在家のままで通した。

と説明した。

「私は僧になるのが唯一の仏道修行とは思えないのです」

「仏道もいろいろあるのだな。宅嗣の話を聞くとわしも自分の家を寺にしようかという気になる。新たな金を注ぎ込まなくてもよいのだから」

良継が言うのを、

「兄者は、軽くてよいな」

と、賞賛とも冷やかしともとれる言い方で百川は笑った。


阿閦寺、そして芸亭図書館の披露に集まった大勢の客たちが帰った後、宅嗣が安堵の一休みをしていると思わぬ珍客が訪れた。吉備真備の娘、由利である。言うまでもなく由利は称徳天皇の最期を看取った。

「しばらくでございます」

称徳崩御の後、由利は真備の屋敷に戻った。どのように日々を過ごしているのかと宅嗣は案じたが、なんのうわさも流れなかった。

目の前に現れた由利は、称徳に仕えていたときとなにも変わった様子はなく、

「少し落ち着かれましたか」

宅嗣はこう尋ねるほかなかった。由利はそれには答えず、

「石上様が阿閦寺を建てられたと伺いましたので、この書物を奉納いたしたく持参いたしました」

と言って由利は持参した包みをほどいた。

「それはそれは。ご奇特なことでございます」

と言って、宅嗣は阿閦如来像の前に置かれていた供え物を片付け、由利を手招いた。

由利は袂から袱紗《ふくさ》を取り出すとその上に書物を載せ、恭しく一礼して如来像の前に供えた。

「歌集のようにお見受けいたしますが、由利殿がお詠みになられたものなのでしょうか」

宅嗣はふと疑問を漏らした。

「どうぞお手に取ってご覧ください」

と由利は神妙に応えた。

表紙にはなにも書かれていない。一枚をめくって宅嗣は愕然となった。


光仁朝で良継がおこなった施策は、聖武天皇から称徳天皇の代にかけて膨脹した財政の建て直しであった。官寺、仏事のひきしめが主、特に寺院建立のために増大する費用は財政を苦しめた。官寺は仏教を推進する道鏡政権によって甘い汁を吸い、寺院の建設・修復費用は年々肥大化していた。その無駄を切り取り、行基が営んだ民衆のための寺を助成するなど、民衆のなかに再び仏教熱を取り戻そうと図ったのである。

寺院建設費の圧縮は思わぬところに影響が出た。遣唐船造船の進捗である。今まで寺院建設に取られていた頭脳と知恵が造船技術に戻ってきたのである。安藝で行う遣唐使船の造作に要する人手も、全国から調達することができるようになった。


「遣唐使船を出せるようになったのだが、宅嗣は行くか」

「いや、十年前ならいざ知らず、もう結構です」

「そうか、行くと言い出すのではないかと思ったのだが」

「やはり、清河様をお迎えに行く名目なのでしょうか」

「清河がそんなに大事なのかと思わないわけではないのだが、陛下がお気に入りの魚名《うおな》をはじめ清河の兄弟たちは、生きているなら迎えに行かせたいと思うのが人情だろう」

良継は自分にとっては目障りな魚名の希望も強いとにおわせた。

「どなたを大使になさるのですか」

「佐伯今毛人にしようと思っている」

良継、宅嗣にとって縁のある名前である。良継を主犯として仲麻呂暗殺を企てた四人組の一人である。

「もし清河様がお帰りになられたら、大陸の格段に進歩した技術や思想をお持ち帰りいただけるでしょう」

「それはどうなのだろう。唐の国も荒れて、我らが思うほど繁栄はしていないのではなかろうか」

良継が佐伯今毛人に華を持たせようとした人事も、魚名が自分の子鷹取《たかとり》を副使に任じたことによってぎくしゃくする。渡航の万事に慎重な手順を踏もうとする佐伯に対して、一日でも早く出立したい鷹取との間に軋轢が生まれた。結局、遣唐使は小野石根《いわね》が大使を、大神末足《おおみわのすえたり》が副使を代行することによって、宝亀八(七七七)年六月二十四日、出立した。

このどさくさのなか、良継は病を患い急逝した。あっけない死であった。良継のあと、内臣に昇り政権を引き継いだのは清河の弟、北家の魚名である。

遣唐使

通常、遣唐使船は安藝で造船され、遣唐使は難波の津で乗船する。博多で四船は集結して太宰府に寄る。そこから五島列島に渡って停泊し、西に向かって船出をする。五島列島から上海までは約七百五十キロ。運が良ければ十日程で渡ることができる。

六月二十四日に出発した遣唐使は、約十日後の七月三日、第一船から第三船までの三隻が楊州に辿り着いた。第四船は七月七日、二百キロ程北の楚州に到着した。団員は八月二十九日楊州の州都に集結して、十月十六日、長安に向けて出発する。途中、長安から入京の人数を二十人に減らせとの連絡を受けるが、交渉により四十三人まで認めてもらい入京することになった。

長安に着いたのは正月十三日。正月十五日に皇帝代宗に天皇からの貢進物を進上。

三月二十四日、代宗に謁見する。在唐の留学生の帰国と新たな留学生の受け入れ、書物の下賜、物品の購入、名所の見学許可を得るが、肝腎の目的、清河はすでに死亡していた。

皇帝代宗は上機嫌で、答礼使として趙宝英を派遣させ、船を楊州で建造すると言い出した。趙宝英は従七品下の下級官僚である宦官で、日本に連れて帰っては身分の低い者を遣わされたと顰蹙《ひんしゅく》を買うと思った小野石根は、繰り返し辞退するが結局は押し切られた。

遣唐使と送迎使一行は四月二十二日に長安を出立。六月二十五日、楊州の州都に到着するが皇帝が建造を命じた唐船は未完成であった。趙宝英と四人の判官は四隻の船に分乗する。

第一船・第二船は九月三日、揚子江河口に移動。十一月五日、大海に乗り出した。

正使の小野石根、唐使趙宝英、判官大伴継人《おおとものつぐひと》、清河の娘嘉嬢《きじょう》を乗せた第一船は、外海に出て三日目の八日、猛烈な台風に遭う。小野石根と三十八人、趙宝英とその随行員の二十五人が荒海に放り出された。そのうち大伴継人一人だけは船尾の手すりに取り付いて一命を拾った。十一日、今度は船体が前後に割れる。前方部分は鹿児島の出水に五十六人を乗せて甑島に漂着。四十余人が乗っていた舳《とも》(後方部分)は熊本の南の出水に漂着した。嘉嬢は舳に乗っていて助かった。

第二船は安着。

第三船は九月九日に楊州を出港。三日目に逆風に遭い、砂州に乗り上げて船体が破損したため戻って修理。同月十六日に再び海に乗り出し、十月二十二日、五島に帰還する。

第四船は楚州から九月上旬に出港。耽羅島(済州島)に漂着し全員が抑留されたが、四十余人が脱出。十一月四日に甑島に辿り着いた。

「芸亭に通ってきている若い者を五人選ぶとしたら誰になるかな」

宅嗣は図書館芸亭で学ぶ常連の学生にどのような面々がいるかを尋ねた。

「五人選ぶのは造作もないことですが、どのような目的で選ぶのでしょう」

豊年は目的がわからない、と宅嗣に確認する。

「遣唐使が帰ってきたのだ」

「次の遣唐使の随行員の候補でしょうか」

「遣唐使が唐から送使者をつけてきたのだ。その接待役だ」

「唐の皇帝からの送使ですか」

「そうだ。送使を都に迎え入れるのに国際的な感覚をもつ若者が必要なのだ」

豊年は地方から上京している舎人や和気広世《ひろよ》、安倍弟当《あべのおとまさ》あるいは中央の名家である京家の継《つぐ》彦《ひこ》・大継《おおつぐ》兄弟、北家の園人《そのひと》などの名前が入っている名簿をつくった。


「このたびの遣唐使は、皆様無事にお帰りになられたのでしょうか」

「大変な旅路であったようだ。節刀を受けた小野石根は死亡、唐からの正使も遭難したようだ」

「清河様は無事お帰りになられましたか」

「いや、清河様は数年前にお亡くなりになっていたそうだ」

「それは魚名様にはお気の毒でございました」

「清河様と唐人との間に生まれた嘉嬢という娘が帰国したそうだ」

と言いながら、宅嗣は父の祖国とはいえ女の身で荒海を渡ろうとした嘉嬢の身の上を思う。

「清河様が亡くなられたあと、嘉嬢様はどなたが面倒をみられていたのでしょう」

宅嗣の気持ちを察したのか豊年が言った。

「羽栗翔殿が面倒をみておられた」

「羽栗翔殿」

羽栗翔という耳慣れない名前を聞いて豊年が聞き直すと、宅嗣は、
阿倍仲麻呂の従者様として入唐した羽栗吉麻呂は、吉備真備とともに天平七年に帰国したのだが、このとき唐人との間に生まれた翼・翔の兄弟も一緒に帰国した。清河の迎使として高元度が渤海経由で入唐したとき、羽栗翔は通訳として同行したが、粛帝が清河の帰国を認めなかったので、羽栗翔は清河の従者として唐に残ることになった。羽栗翼がこのたびの遣唐使に同行したことで、清河の詳細な経緯と羽栗翔によって世話をされていた清河の娘の存在が明らかになった。

ことを説明した。

「唐の皇帝からの送使というのは、ひょっとすると遣唐使に対する送使というよりは、その嘉嬢という娘の送使かもしれませんね」

豊年の言い方は感傷的である。

嘉嬢は大納言魚名のもとに預けられる。魚名の母は片野朝臣女、清河とは同腹の弟である。魚名は清河が所有していた唐招提寺の北側に面している邸を嘉嬢に与え、羽栗翼一家がその世話をした。

唐招提寺には、鑑真とともに唐から日本に来た僧侶やそのほかの帰化人たちもいて、嘉嬢は異国での暮らしの不自由さを慰められた。僧院に女子が出入りすることは憚《はばか》られることであったが、思託は嘉嬢に、鑑真が育てた薬草園を管理する職を与えた。実際、嘉嬢にはその知識があったのである。


「唐からの送使はどのように歓待したらよいのだ」

参内した宅嗣に光仁天皇は下問した。

「先例はございませぬ。新羅に対しての対応とは異なり、対等の立場で接遇するのがよろしいかと」

「石上に任せてよいのだな」

「拝命仕ります」

「送使に対して詔はどのようにするのじゃ」

「私が詔を読み上げます」

「和語で詔を宣するのか」

宅嗣はしばらく考え、

「唐語にいたしましょう。我が国の文明が高いことを示すのがよろしいかと存じます」

「よかろう。唐語の詔なんぞ初めてである。唐語の詔はどのような響きをもつのであろうかな。期待しておるぞ」

光仁天皇は上機嫌であった。


宅嗣が詔の草案をつくるべく調べものをしていると、蒼井が部屋に入ってきた。

「今日、若売様のところに参ってきました」

「どうだ、お加減は」

若売は背中が痛いと言って休んでいる、と百川から聞かされている。

「思ったよりお元気そうでした。ただお背中が痛いと申されましたが、私は背中でなくて内臓がお悪いのではないかと思いました」

「背中が痛いというのならば肝の臓であろうか。それは心配だな」

「宅嗣様は唐語で詔を読まれるそうですね」

蒼井は若売から聞いたことを確かめる。

「若売様は地獄耳だな、百川殿から聞いているなら当たり前か」

「お父様の乙麻呂様のことを話しておられました」

宅嗣は思い出した。父乙麻呂が、聖武天皇の東大寺に参詣したときのことを。あの日父は、聖武天皇が出家して仏弟子になったことを宣したのだった。

「随分昔のことだな」

宅嗣は感慨深げに言った。

「あのときの乙麻呂様はすてきだったと、若売様はうっとりとして話されていました」

「そうなのか。若売様は、少しは父に気があったのか」

「あら、知らなかったのですか。女は何度でも恋をするのです」

と言う蒼井の顔を宅嗣はあきれ顔で見ている。

祝宴

宅嗣は都合二回、唐語による詔を宣することになった。

一度目は宝亀十（七七九）年五月十七日、朝堂で使者を歓待する宴席において。

二度目は五月二十五日、唐使らが光仁天皇に接見したときである。

その両日とも式典の実務は宅嗣の配下の多数の若者によっておこなわれた。豊年が選抜した図書館で勉学する面々である。

役人たちは前例のない式典に粗相があってはと恐れ、若者たちが手を出してくれるのを喜んだ。段取りよく進めてくれさえすればあとは自分の手柄になる、そう思う者も少なくなかった。


宴席は送使者が主賓となるはずであったが、型どおりの儀式が済んだあとは来会者の目はもっぱら清河の娘嘉嬢に注がれた。嘉嬢は和語を完全には理解できなかったため、そばに羽栗翼が控え、さりげなく嘉嬢を補佐した。

宮中の女官たちは、つぎつぎと嘉嬢のそばにやってきては言葉をかけた。

「清河様によく似ていらっしゃる」

「清河様と同じで背が高くていらっしゃる」

女官たちは若き頃のあこがれであった清河の忘れ形見に自分を重ねていた。

「もし、清河様が無事にすぐにでも帰っていらしたなら、あの卑しい仲麻呂は現れもせず、平和な日が過ごせたのに」

などと小声で不謹慎な発言をする女官もなかにはいた。

唐からの送使たちは今更ながら清河の人気ぶりに驚いた様子であった。酌み交わす酒の間の会話は十中八九清河と、中国名を名乗った清河の晩年についての問いであり、唐皇帝が清河をどのように待遇したかの問いであった。

唐での官位がそれほど高くない送使たちはその事情を知らず、慌てて羽栗を呼び、自分の知らないことをあたかも知っているように話して羽栗に通訳させた。


遣唐使船の難破で九死に一生を得た——、判官の大伴継人は恐ろしい難破の様子を聞かせて話の中心になった。

大伴継人の乗っていた第一船には、ほかに唐使趙宝英、住吉大社の神官津守宿禰国麻呂、そして嘉嬢などが乗っていた。船は瞬間嵐の大波にさらわれ、目の前にいた同僚もみな荒海にさらわれていなくなった。自分はからくも船尾の手すりにしがみつくことができて助かった。その翌々日には船体が舳と舳先《へさき》に割れる。出水に辿り着くまでの丸三日間、冬の寒い海の中を水も飲めず、食べるものもなく、ほとんど裸同然で漂流した。

大伴継人は、清河と同じときに唐に渡った大伴古麻呂の子である。古麻呂は奈良麻呂の乱に連座して殺害された。大伴継人は遣唐使と浅からぬ因縁である。

佐伯今毛人と喧嘩をして遣唐副使の任を解かれた魚名の子、すなわち嘉嬢の従兄にあたる鷹取はこの話に複雑であった。もし副使のまま唐に渡っていたのであったならば、自分の命はほとんどなかったからである。

「豊年、ご苦労であった。そなたが選任してくれた若者たちはいずれも優秀であった。技術的なことはもちろん人格的にも整っていた。そなたの鑑識眼は秀でている」

「お褒めの言葉を頂き、有り難く存じます」

「陛下もたいへんなお喜びようであった」

「それは宅嗣様の唐語が素晴らしかったからでございましょう。朝堂に高く澄んだお声がよく通りました」

「思託殿の良いご指導のお陰だ」

「お疲れがでませんように」

と豊年が退出しようとすると、

「どうやら私の生涯の仕事もただ一つを残して終わったように思う。芸亭が立派に運営でき若者たちも育っている。後継者のそなたもいる」

と引き留めた。

「宅嗣様のお仕事はまだまだございます。天皇陛下も早く皇太子殿下に譲位されたいとお漏らしになられているようですし、そうとなれば宅嗣様は物部の頭領として神楯をなさらねばなりませぬ」

「次の神楯には家成殿にやっていただきたいと思っている。家成殿にはその旨話してある」

「……」

「なにからなにまで復古させるのはいかがかな。先年、石上を改め物部にせよとのお達しで、すぐにお断りしてはいらぬ腹を探られると思いお受けしたが、物部朝臣という姓も陛下に返上しようと思う」

「お気持ちがよく理解できません」

「私の理解では武烈天皇が後嗣を定めず崩御し、そののち大伴・物部・巨勢が協議して男大迹王を継体天皇に立てたとき、氏族の合意の証として神楯をしたのだと思う。これからの世に光仁天皇をもととして後継を考えるなら、物部の神楯は必要がない。故事来歴のない単なる儀式の飾りにしてしまった方がよいのだ。世が安定するとき物部の神楯はいらない」

「宅嗣様が残された一つとはなにをおっしゃるのですか」

「考えてみれば二つあった。一つは石上神宮のことだ。神宮の差配は息嗣に任せた方が良さそうだ」

息嗣とは腹違いの弟である。父が土佐に流されていたとき、地元の郡司の娘との間に産まれた弟である。

「継足様はどうされるので」

「継足は体が弱いからな」

と、宅嗣はどうしたものかという顔になった。

「なにやら遺言のようですね」

と豊年が苦笑すると、

「そう思ってくれてよい」

と一冊の書物を取り出し、今一つ袱紗に包まれた書物を取り出した。

「これが最後の仕事だ。それは私にはできない」

「この書物は」

「そなたも知っている先代旧事本紀の新編だ。物部に伝わる書物をいろいろ校合して、編集してみた」

豊年は書物の目次と内容を照らし合わせてみた。見たことのない内容が随所にある。

「歴史書は単なる誤りも多ければ、故意に捏造したものも多い。実際のところ、なにが正しいのかも本当はわからない。豊年がこの書を読んでみて誤りと思ったら手を入れてほしい。ただし、元の文がわかるように残し、消し去ってはならぬ。この書は芸亭図書館で保存し、おおよそ私が忘れられた頃にそなたの手で公開してほしい。それがかなわないのなら誰かに引き継いでもらいたい。誰が書いたか知られないようにして公開してもらいたい」

「宅嗣様が乙麻呂様の編纂された『懐風藻』を編者知らずで、公開したようにですね」

「そうだ、豊年にしかできない私の願いだ。頼めるか」

「今一つの書物は」

宅嗣は袱紗を広げ、由利から託された和歌集を豊年の前に差し出した。

「和歌集でございますね。どなたの」

頁をめくってみろ、と宅嗣はしぐさで示した。

「この里は　継ぎて霜や置く　夏の野に　我が見し草は　もみちたりけり……

この歌は称徳天皇の御製です……ね」

豊年の言葉が思わずため口になった。

「そうだ」

「ということは、これは陛下の歌集でしょうか」

「そうだ。陛下の御心がほとばしった言葉で埋められている。女帝であることの苦しみ、悲しみ、誇らしさ、みじめさ。読んでいると胸が熱くなってくる」

「これを如何様にすればよろしいのでしょうか」

「陛下はこの和歌が人に読まれるのを望まれてはいないだろう。阿閦如来様の体内にお納めするのが良いのだが」

宅嗣は方法がないと目をつぶった。

「先代旧事本紀を守り、称徳陛下の秘密を保持するのが、この図書館の役割なのですね」

と豊年が確認する。

そして豊年が恭しく拝礼したのを宅嗣は心で感じていた。

あとがき

高校時代の日本史の教科書には芸亭という日本で初めての公開図書館の記述が載っている。それに引き換え、時代が下って国立国会図書館設立の記述は掲載されていないのだから、日本史的に芸亭の比重はかなり重いはずである。

しかし、この図書館について語られることは図書館界においても極めてまれである。

芸亭を設立した石上宅嗣は奈良時代の貴族である。

石上神宮で知られるとおり、その血筋は物部氏の直系。宅嗣は七二九年の生誕であるから遡ることおよそ二百年、伝来した新思想の仏教を認めるか否かで仏教擁護派の蘇我氏と国を二分して争った物部氏である。戦いに敗れた物部は辛酸をなめ、そのなかから道鏡という怪物が生まれてくる。

平城京遷都は七一〇年。平安京遷都は七九四年。宅嗣は七八一年の没であるから彼の人生は奈良時代という激動の時代にすっぽりとおさまる。奈良時代は激しい権力闘争にあけくれた。政変が繰り返され、長屋王、橘諸兄、藤原仲麻呂、道鏡と、権力者がつぎつぎと交代する。激動のなかで宅嗣は天寿を全うできた数少ない貴族である。

宅嗣の名前が今日まで知られる一番の理由は、我が国で初めての公開図書館、芸亭を設立したことにある。藤原氏でもない彼がこの大業をなしえたのは、皇位継承が順当に定まらない時代、ひとえに石上氏が大嘗祭の儀式で、天皇即位を承認する神楯を執り行う権威を古代より持ち続けていたからだとも言える。

彼が仕えた天皇は聖武・孝謙・淳仁・重祚して称徳、そして光仁であるが、実質的には十歳年上の天武系最後の天皇である孝謙女帝一人である。孝謙天皇は我が国で唯一、皇太子を経て天皇に即位した女性天皇である。ほかにみられるような暫定的に即位した女性天皇とは異なる。聖武の脳裡にはしかるべき相手と見合わせ皇統を継承させ、またその権威を維持するため、我が国独特の仏教を模索し神仏習合をデッサンしたと思われる。孝謙の時代、国内では、橘奈良麻呂を中心とする反女性天皇グループの鎮圧で始まり、対新羅政策を強行に進める仲麻呂の排除、道鏡の台頭とその排斥、そして皇統の再確立という大きな山場がある。またこの時代は東大寺大仏の完成という華やかな事績が呼び起されるが、国外に目を転じてみると大陸では唐の滅亡と再興、北朝鮮では渤海の建国という東アジア全体が時代の暴風にさらされた時代でもあった。

物語はほとんどが実在の人物だが、蒼井は架空である。歴史上は顧みられることの少ない久米若売、思託、藤原清河、嘉嬢、羽栗翔・翼の兄弟など脚色はあるが実在する。宅嗣の「芸亭」がなぜに創始され、またその名を後世に留めたか。宅嗣の求めた知識はなんであったのか。お汲み取りいただければ筆者として望外の喜びである。

本書を執筆するにあたっては大勢の方々のご助力をいただいた。

前国立公文書館館長の高山正也先生にはさまざまなご指摘をいただき、本書を肉厚なものにすることができた。また、筆者の旧職場である横浜市中央図書館の方々には資料探索で多くのご助力をいただき、また図書館界の友人たちからは多くの心強い叱咤激励の言葉をいただいた。それぞれのお名前は差し控えたいがこの場を借りて御礼を申し上げたい。

末筆ながら、本書は陽の目を見るに永い時間がかかってしまったが、樹村房の大塚栄一社長および編集の労をとってくださった安田愛氏にあらためて感謝申し上げる。

佃　一可

二〇一七年十一月

◉参考文献

池田源太『石上宅嗣所建の芸亭とその時代』奈良市企画部企画課　一九七六年
石上宅嗣卿顕彰会編『石上宅嗣卿』石上宅嗣卿顕彰会　一九三〇年
宇治谷孟『続日本紀―全現代語訳―（上・中・下）』（講談社学術文庫）講談社　一九九二―一九九五年
近江俊秀『平城京の住宅事情―貴族はどこに住んだのか―』（歴史文化ライブラリー三九六）吉川弘文館　二〇一五年
小笠原好彦『聖武天皇が造った都―難波宮・恭仁宮・紫香楽宮―』（歴史文化ライブラリー三三九）吉川弘文館　二〇一二年
小野克正『実像吉備真備』手帖舎　一九九九年
鎌田東二編『日本の聖地文化―寒川神社と相模国の古社―』創元社　二〇一二年
北山茂夫『女帝と道鏡―天平末葉の政治と文化―』（講談社学術文庫）講談社　二〇〇八年
木本好信「石上宅嗣と藤原良継・百川兄弟」『律令貴族と政争―藤原氏と石上氏をめぐって―』塙書房　二〇〇一年
木本好信『奈良時代の藤原氏と諸氏族―石川氏と石上氏―』おうふう　二〇〇四年
木本好信『藤原仲麻呂―率性は聡く敏くして―』（ミネルヴァ日本評伝選）ミネルヴァ書房　二〇一

一年
木本好信編『藤原仲麻呂政権とその時代』岩田書院　二〇一三年
酒寄雅志監修　小西聖一著『聖武天皇と行基―大仏にかけた願い―』（ＮＨＫにんげん日本史）理論社　二〇〇四年
佐伯有清『最後の遣唐使』（講談社現代新書）講談社　一九七八年
新村出「石上宅嗣の芸亭について」『新村出全集　第八巻（書誌典籍篇1）』筑摩書房　一九七二年
鈴木靖民「『懐風藻』と石上乙麻呂伝の一考察」『続日本紀研究』一三七号　一九六七年
瀧浪貞子『最後の女帝孝謙天皇』（歴史文化ライブラリー四四）吉川弘文館　一九九八年
髙橋崇「孝謙・称徳天皇」武光誠編『古代女帝のすべて』新人物往来社　一九九一年
遠山美都男『検証　平城京の政変と内乱』（学研新書〇六八）学研パブリッシング　二〇一〇年
仁藤敦史『女帝の世紀―皇位継承と政争―』（角川選書三九一）角川学芸出版　二〇〇六年
平野邦雄『和気清麻呂』（人物叢書　新装版）吉川弘文館　一九八六年
宝賀寿男編著『古代氏族系譜集成』古代氏族研究会　一九八六年
三田誠広『天翔ける女帝孝謙天皇』（学研M文庫）学習研究社　二〇〇二年
宮田俊彦『吉備真備』（人物叢書　新装版）吉川弘文館　一九八八年
森公章『遣唐使と古代日本の対外政策』吉川弘文館　二〇〇八年
横田健一『道鏡』（人物叢書　新装版）吉川弘文館　一九八八年

吉田一彦「石上乙麻呂と久米若売の配流について」『続日本紀研究』二七一号　一九九〇年
『公卿補任 第一篇』吉川弘文館　一九八二年
『尊卑分脈 第二篇』吉川弘文館　一九八七年

◉年表

七一〇年	平城京遷都
七二〇年	舎人親王、日本書紀を奏上。藤原不比等没
七二四年	聖武天皇即位
七二九年	光明子皇后となる
七三五年	吉備真備ら帰朝
七三七年	天然痘大流行藤原四兄弟没
七三九年	石上乙麻呂配流
七四〇年	藤原広嗣の乱
七四一年	諸国に国分寺、国分尼寺建立の詔
七四九年	陸奥国黄金を献上、東大寺大仏完成。孝謙天皇即位。藤原仲麻呂、紫微中台長官
七五一年	蔭位の制により宅嗣、従五位下・治部少輔
七五二年	東大寺大仏開眼供養
七五四年	遣唐副使・大伴古麻呂、鑑真を伴って帰国
七五六年	聖武太上天皇没。道祖王立太子
七五七年	橘奈良麻呂の乱

七五八年	淳仁天皇即位、仲麻呂恵美押勝の名を賜わる
七五九年	唐招提寺建立
七六〇年	光明皇后没。恵美押勝、太政大臣
七六一年	宅嗣遣唐副使（清河迎使者）任命翌年辞任
七六二年	孝謙上皇、淳仁天皇と対立し、国政を掌握
七六三年	仲麻呂暗殺計画。宿奈麻呂逮捕
七六四年	宅嗣大宰少弐左遷。真備上京して上皇側近に
七六四年	仲麻呂乱。淳仁天皇淡路配流。孝謙天皇重祚（称徳天皇）
七六五年	道鏡、太政大臣禅師となる（翌年、法王）
七六九年	和気清麻呂、宇佐八幡宮神託問題で配流
七七〇年	称徳天皇没道鏡下野国に配流。光仁天皇即位
七七一年	大嘗祭。芸亭公開
七七二年	井上皇后廃后。他部皇太子廃太子
七七七年	遣唐使。翌年帰朝。清河既没。息女嘉嬢（異名あり）来日
七八一年	桓武天皇即位

■著者紹介

佃　一可（つくだ・いっか）

1949年大阪市に生まれる。東京教育大学文学部卒業。

横浜市文化財係長、横浜市瀬谷図書館長、調査資料課長、神奈川県図書館協会企画委員長を歴任。

現在、一般社団法人知識資源機構代表理事、公益財団法人全国税理士共栄会文化財団常務理事、中国法門寺（唐王朝菩提寺）国立博物館名誉教授。

煎茶道文化協会代表理事、茶道 一茶菴家元14世。

孝謙女帝の遺言――芸亭図書館秘文書

2017年12月１日　初版第１刷発行

著　者© 佃　一可

発行者　大塚栄一

検印廃止

発行所　株式会社 樹村房

〒112-0002

東京都文京区小石川５丁目11番７号

電 話　東京 03-3868-7321

FAX　東京 03-6801-5202

http://www.jusonbo.co.jp/

振替口座　00190-3-93169

組版／難波田見子

印刷／美研プリンティング株式会社

製本／有限会社愛千製本所

ISBN978-4-88367-289-9